小学館文庫

海を抱いたビー玉

森沢明夫

小学館

装画・加藤美紀
装幀・白谷敏夫（ノマド）

もくじ

プロローグ

その島から見る海には水平線がない。

渚に立ち、遠く海原を眺めると、空と海との境界線のかわりに、ブロッコリーみたいにこんもりとした緑の島々が幾重にも連なっているのだ。

瀬戸内海の真ん中に浮かぶ大三島《おおみしま》。

通称、神の島。

日本総鎮守――つまり日本全土を鎮護《ちんご》するという大山祇《おおやまずみ》神社のあるこの島は、古く平安時代から神様の住む聖地として人々に畏敬の念をもって特別に扱われてきた。島のまわりもまた『神の海』であると信じられ、周辺海域では長いこと漁業が禁止されていたという。

陽炎《かげろう》が立ちのぼる、青い午後。

その神秘的な水面は、あいかわらず森に抱かれた湖のように静かで小さくて、おおらかに凪《な》ぎ、そして夏の終わりの澄んだ青空よりも少しだけ深みのあるブルーをたたえていた。

遠くに浮かぶ島々のさらに向こう側には、盛大な入道雲がぼこぼことわき立っていた。しかし、ぎらついていた夏の陽光はすでに西にかたむきつつあり、あと少しすれば風景はセピア色になって、ヒグラシの哀歌が島全体をいっせいにおおいつくすだろう。あの入道雲がこちらにやってきたら、夕立だ。

島の西岸に、小さな白砂の浜辺があった。波打ち際には、夏休みの最後を惜しむようにしてはしゃぐ坊主頭の子供たちが逆光のなかでしぶきをあげていた。

その渚を、ひとりの男がゆっくりと歩いていた。紺色のスラックスに白い半袖シャツを着ている。アイロンのかかった袖から伸びる力強い腕は、よく日に焼けていた。右手にはスラックスと同じ色の制帽。はき古した黒い革靴。無表情なあずき色のネクタイは少しだけゆるめられていた。角刈りの頭と、玉の汗を浮かべたせまい額は、どこか悪ガキの風情をかもし出していたが、日に焼けたその顔には十二歳の息子を持つ父親にふさわしいだけのシワが刻まれていた。

暑さのせいか、男は深刻な考え事をするような表情をしていた。さくさくいう白砂の感触を一歩一歩靴底で味わいながら、うつむき加減で歩く。頭上から陽気なトンビの歌が「ぴょろろろ」と降ってきたが、澄み渡ったその高い空を見上げることもなかった。

やがて男の前に、一本の流木がたちはだかった。

波と風に洗われて白骨のようになった古いその流木は、大人の女性の脚くらいの大きさはあったが、カラカラに乾燥していて軽そうにも見えた。よく見ると、マネキンの脚に見えなくもない。

男は立ち止まり、つま先でそれをコロリとどけて、ふたたび歩きだそうとした。

そのとき——。

男の視界のすみっこに、小さな青い光が、凛《りん》、とはじけた。

なんじゃ……男は目を細めるようにして光の方を見た。広々とした白砂のなか、その一点だけがピカピカと光り輝いていた。

近づいてみると、光の正体がわかった。

ビー玉だった。

なかば砂に埋もれるようにして、そのビー玉は陽光をはじき返していた。

男はゆっくりと腰を折り、それを拾い上げた。

八月の陽光に焼かれた砂は熱いのに、ビー玉は不思議とひんやりして心地よかった。

表面についた砂粒をはらい落とし、手のひらにのせてみた。青い色をしたガラスの玉は、細かい気泡のある真ん中あたりがわずかに発光しているように見えた。

海の色をしたビー玉……。

男はいとおしいものでも見るように、目を細めた。

すぐ近くの浅瀬で少年たちがふざけ合ってはしゃぐ声がした。その声に振り向いてみたけれど、そこに息子の姿はないようだった。

少し沖合でボラがぽしゃんと跳ねた。

ぺったりと凪いだ海原に、青い波紋がゆっくりと広がっていく。

男は、潮風を深く吸い込み、「ふぅ」とひとつ息を吐いた。そして口元に小さな笑みを浮かべると、手のひらの青いビー玉を見て「お帰り。わしも、運転手になったけん」とひとりごとをつぶやき、ふたたび白砂の上を歩きはじめた。

背筋が伸び、さっきよりも歩幅が広がっていた。

男は夏空を見上げながらそのビー玉をポケットに入れた。

第一章　大《おお》三《み》島《しま》

九回裏、一死、ランナーは二、三塁。

得点は五対四で負けていた。

でも、ここでヒットが出れば、僕のいる一組は一気に逆転サヨナラ勝ちという重要な場面だった。相手チームは同じ宮浦《みやうら》小学校六年の二組。これまで三回試合をして三連敗中の強敵だ。

夏休みも残りわずかとなった午後の校庭。試合は、面倒なことに白熱してしまっていた。じつは僕は野球が好きじゃない。そして、きっと、これから打席に向かう田上《たがみ》もまた、野球をやりたくてバットを振りにいくわけじゃないと思う。

「おう、田上ぃ、おまえ男じゃろ。わしのくれた特訓の成果を見せちゃれや！」

僕の右どなりにいたエースで三番を打つ岩城《いわき》が、腹に響くようなダミ声を出した。こいつは巨躯《きょく》というほどではないけれど、身体つきがダンプカーみたいにゴツいし、顔は人類の進化を「なるほど」と納得させるようなバナナのよく似合う猿人系。だれがどう見ても好戦的で、そして本当に喧嘩のめっぽう強い男だった。だから、岩城の口から吐き出されるエールは、応援というよりもむしろ恫喝《どうかつ》なのだ。

この打席で失敗したら、田上はケツを蹴っ飛ばされるくらいのことは覚悟しなければならないだろう。僕は、岩城に本気で《応援》される田上に同情しつつも、それが自分でなくて正直ホッとしてもいた。

肩をいからせ、鼻息荒く打席に向かって歩いていく九番バッターの田上は、こちらを振り返り、大きくうなずいてみせた。いつも僕と補欠の座をなすりつけ合っているという意味では奴と僕は《仲間》だった。こいつはバットの扱いはかなり下手クソだけれど、絵筆を持たせると天才的で、毎年、県のコンクールに出品しては金賞を獲り、役場の廊下に作品が飾られていた。そして、そのひと月のあいだだけは、田上はちょっと誇らしいような、照れたような顔をしながら、学校のなかをいつもより大股で歩いていた。

「おら、清《きよし》、おまえも声出さんかっ。補欠にも仕事っちゅうもんがあるじゃろ」

そういって僕の背中をバシッと叩いたのは、サードで四番の宮沢《みやざわ》だった。こいつは岩城の腰巾着。つまりクラスのナンバー2。運動神経がよくて女子にはちょっと人気があるけれど、岩城に「三回まわってワンといえ」と命じられれば、そのとおりにするはずの男だ。でも、宮沢は決してそんな失態を演じたりはしない。なぜなら、だれよりもあざやかな手綱さばきで岩城のご機嫌をとれるからだ。僕はこいつを《闘牛士》と心のなかで呼んでいる。

「田上ぃ、打てやあ」

背中を叩いた宮沢よりもダミ声の岩城の機嫌を損なわないように、僕は声を出した。でも、それは自分でもびっくりするくらいに覇気のない声だったので、予想どおり、眉間《みけん》にシワをよせた岩城がこちらを見下ろすように睨みつけてきた。「き、きばれやー」今度は両手でメガホンをつくり、さっきよりも二段階くらい大きい声を出して田上を応援した。

もう一度、岩城の方を見ると、さっきと同じ顔のまま僕を見下ろしていた。僕は、ゴクリとつばを飲み込んだ。雷注意報が警報を飛び越して避難勧告になっていた。何かうまいいいわけはないものかと、あわてて頭をフル回転させていたら、岩城は思いがけないことを口にしたのだった。

「清、おまえに借りがあるのを思い出したけん、今日は試合に出しちゃる」

「え……?」

「おう審判、田上に代わって、代打で清じゃ！」

岩城のダミ声を背中で聞いた田上は、こちらを振り返った。そして、わかりやすいくらいにホッとした顔をしてベンチに戻ってきた。彼の心のなかをひとことでいい表すなら「救われた」だろう。そして、救われた田上の身代わりとなる生《い》け贄《にえ》が、僕というわけだ。

「え、なんで、わしが代打？」

「まえに給食のパンをもろうたけん、その借りを返しちゃる。じゃけん、しっかりヒット打ってこい」

パンって……僕は自らパンをあげた覚えなど一度もなかった。こいつが横から手を出して、僕のパンを勝手に食ったことなら何度かあるけれど。

「清、ほな頼むけんな」

ピンチを脱した田上が僕にバットを差し出した。まるで導火線に火のついた爆弾を差し出されたような気分だった。同情の入りまじった卑屈な笑みが、ホッとした田上の顔には張りついていた。僕もきっと、いつもはこんな情けない笑い方をしているのだろうと思ったら、無性に悲しくなってきて、胃の奥の方から力が抜けていくみたいだった。

それでも僕は、バットを受け取って、打席までゆっくりと歩いていった。

「せっかく出してやるんじゃけ、しっかり仕事せえよ」

「ここで打たんかったら、おまえ明日から女便所で小便せえ」

岩城の恫喝と宮沢の嫌がらせを背中で聞きながら、深呼吸をして左の打席に立った。昨日の阪神戦でもホームランを打った、王貞治《おうさだはる》と同じサウスポー。ちょっと恰好いいけれど、でも、僕が野球嫌いになったのは、じつはこのサウスポーに原因があった。単純なことだ。かつて、この島には左利き用のグローブを売っている店がなかったのだ。だから僕は、みんなが野球をやっているときでも、メンコやドッジボールなど、別の遊びをして過ごすことになった。

低学年のころは、まだそれでもよかった。でも、高学年になると野球が大流行してしまった。ほぼすべての男子が野球帽をかぶって登校するようになったのだ。広島と阪神ファンが多いなか、野球に興味のない僕は単にデザインが好きでジャイアンツの帽子をかぶった。そして、そんなくだらないことが原因で、僕はクラスでなんとなく孤立してしまったのだった。

なんとなく――そう、村八分とまではいかないけれど、みんなとは微妙に呼吸が合わないのだ。たとえば二人一組でキャッチボールをするときでも、僕はだれに声をかけたものかと迷ってしまう。結局、最後にあまった一人がなんとなく僕の相手をする。そういう感じだった。でも、まあ、その気持ちも、わからなくはない。だって、僕は右利き用のグローブを使っていたからキャッチボールをしてもリズムが悪かったのだ。グローブをはめた左手でキャッチしたら、投げ返すまでにいちいちグローブをはずして、その手でボールをにぎり直して投げなくてはいけない。練習するうちに、その動作もそこそこは器用にやれるようにはなったけれど、でも、やっぱり相手は面倒臭いだろう。そして、いちばんキャッチボールを一緒にやったのは、他でもない岩城だった。みんな怖がって避けようとするから、必然的に岩城はあまることが多い。あまれば、僕の相手となる。そして岩城はいつも僕に《特訓》を強いるのだった。「うまくなったら、レギュラーにしちゃるけの」とおせっかいをいいながら。

オトンが仕事で四国の今治《いまばり》に渡り、ようやく左利き用のグローブを買ってきてくれたのは去年の冬のことだった。そのときは喜びよりもむしろ、ホッとしたような覚えがある。よく考えてみれば、まだ僕は自分のグローブを使って野球をちゃんとはじめたばかりの一年生なのだ。そもそも、うまくやれという方が無理ではないか。

僕しか使わない左打席に立ち、足下の土をつま先でならした。

バットを少し短く持ち、ヘッドを寝かせるようにして構える。長打よりも、とにかくボールをバットに当てることを優先した構え方だ。恰好悪いけれど、三振して、あとで岩城にケツを蹴っ飛ばされるよりはマシだった。

最低でも外野フライで一点とる——それが僕に課された仕事だった。

校庭は、うるさいくらいのセミの声であふれていた。センターのずっと向こうには、真っ白い入道雲がわき上がっていて、こちらを飲み込もうとしているみたいに見えた。ゆるく吹き渡る西風は、海の匂いをはらんでいる。

僕は、こめかみにたれてきた汗を、手の甲でぬぐった。

ここで失敗をしたら……チームは負けるかも知れないし、そうしたら岩城の機嫌はとことん悪くなるだろう。考えると、喉の奥の方がしめつけられて、嫌な熱を持ちはじめる。

とにかく、バットに当てなければ。

「よそもんにだけは、打たせんけのぉ」

中学生より背の高い二組のピッチャー猪狩《いかり》が、いやらしい笑いを浮かべながら僕を指差した。守備についている連中も、ニヤニヤとうすら笑いでこっちを見ていた。

よそもん――。

僕はバットをにぎる手に力を込めた。「よそもん」という言葉は、今治から引っ越してきて以来、僕と僕の家族を六年間ずっと苦しめてきた理不尽な毒針だった。それは、自力でしっかりと抜いたつもりでいても、気づけば刺さっている幻のような針で、だれかのふとした言葉やつまらない行動がきっかけになって、とたんに鈍く痛みだすというやっかいな毒を持っている。だからこの言葉は、野球の何十倍も嫌いだった。いや、何百倍かも知れない。

絶対に打って、猪狩の口をふさいでやる。

僕はバットを長く持ちかえて、ヘッドを立てて構え直した。そして、すっと右足をあげた。王貞治とおなじ一本足打法だ。

「こらっ、このチャンスにバットを長く持つ奴がおるかっ！」

岩城の怒声が背中に突き刺さる。

でも、僕はその声を無視して、一本足のまま猪狩をじっと見つめていた。

「アホか。よそもんはおとなしくバントでもしとれや」

いいながら猪狩はゆっくりと振りかぶると、小学生とは思えない速球を投げ込んできた。

ど真ん中。

わしは
よそもん
なんかじゃ――。

無我夢中でバットを振った。

白球はカンッ、という乾いた音を響かせて、三塁線へと猛烈なスピードで飛んでいった。

グラウンドで「わっ」と歓声があがった。

◇　◇　◇

大三島には、日本全土を守ってくれる大山祇神社がある。神社のまわりは樹齢三千年ともいわれる巨大な楠《くすのき》の森だ。この森のなかには、とくべつに清澄《せいちょう》でおいしい空気がいつも流れている。もっといえば、空気そのものに不思議な力が込められている。

その証拠に、神社に足しげく参拝する人たちは、神社の空気をたくさん吸って、みんな心身ともに元気になっていく。ボクはそういう人たちを、この六年間でたくさん見てきた。

とくべつな空気を生み出しているのは、神様ではなくて楠の巨木たちだ。彼らはいつも悪い空気を吸い込んでは浄化し、いい空気をどんどん吐き出してくれている。

そうそう、彼らには《魂》が宿っている。人間にはわからないみたいだけれど、ボクにはそれがわかる。近くに行けば、なんとなくだけど会話だってできるのだから。

そういえば以前、楠たちはこんなことを教えてくれた。

（とても古いモノや、人の気持ちを一身に浴び続けたモノには《魂》が宿っていくんだよ。だからキミも、そうやって《生きて》いるんだよ）と。

楠たちはなんでも知っている。彼らはいつだってボクの先生だし、そしていつだってとても良心的だ。たとえば災害の予兆を感じ取るとすぐに、その膨大な数の葉っぱを一生懸命になって揺らして、町の人たちに危険を知らせようとしているし、巨木の幹に触れてくれた人には《元気》と《大切な知識》を分けあたえてもいるのだ。でも、人間たちはそのメッセージを受け取ろうとはしない。いや、メッセージの存在自体に気づかない。心を澄ましてみれば、きっと彼らの気持ちが水のように流れ込んでくるのに。

さて——。ボクは、そんな神様の山のふもとに広がるにぎやかな集落のはずれに住んでいる。集落は島の西岸にあって、地名は宮浦という。役場も学校も病院もある島の中心地だ。海沿いには伝染病患者の隔離病棟まであるし、立派な鉄骨の火の見やぐらも最近できたところだ。

宮浦には「新地《しんち》」と呼ばれる目抜き通りが延びていて、伊予《いよ》銀行をはじめ、さまざまな商店が軒を連ねている。そこから少し路地に入り込むと、木造の平屋で格子《こうし》窓のついた住宅がぎっしりと建ち並んでいる。ボクの親友、清の家はそのあたりにある。路地がせまいから、直接その家を見たことはないけれど、六年もつき合っていれば、まあ、そのくらいのことはわかるものだ。

ボクのねぐらはというと、清の家から歩いて数分のところにあるバス・ターミナルに隣接した車庫だ。その車庫は六年前に造られた木造の三角屋根で、ボクとそっくりのもう一台のバスと並んで同居している。残念なことに、同居の彼には、まだ《魂》が宿っていないみたいだ。話しかけてみても返事をもらったためしがない。きっと、運転手にあまりかわいがられていないのが原因だと思う。

同居の彼が目覚めるのはまだ先のことかも知れないけれど、とりあえずこの車庫は快適だ。東風が吹けば、楠たちの生み出した澄んだ山の空気が流れてくるし、西風が吹けば、潮のいい香りに包まれる。潮風はボディが錆びるといって人間たちは嫌がるけれど、清と、お父さんの与一《よいち》さんがボクをしょっちゅう水洗いしてくれるから錆の心配なんてしたことがない。

与一さんは、ボクを走らせてくれる運転手だ。昭和四十二年にボクと一緒に四国の今治からこの小さな島に引っ越してきた。わかりやすくいうと、今治の瀬戸内運輸という会社から、この島の瀬戸内海交通という関連会社への転勤みたいなものだ。ボクがくるまでは、この島には路線バスは走っていなかった。そして、いまでも同居のバスとボクだけが公共の陸の足なので、いつも車内は老若男女で満員御礼。安全運転をモットーにした与一さんは島の人たちから尊敬されているし、そんな父親を見て、清はとても誇らしげだ。

ボクの走る路線のルートは三つある。

ひとつは、宮浦から北へ海沿いに走り、肥海《ひがい》という集落で折り返すもの。これは、のどかな田園風景とみかんの段々畑が気持ちのいいルートだ。

ふたつめは、宮浦から山に入って大山祇神社のわきを通り抜け、島の東岸にある上《かみ》浦《うら》という集落で折り返すもの。山道をのぼるのには少々骨が折れるけれど、神社のわきを通るときに楠たちと話ができるから、このルートはお気に入りだ。

みっつめは、海沿いに南下して浦戸《うらど》という集落で折り返すもの。これは高台の道路から真珠の養殖筏《いかだ》を眺められるルートで、晴れた日はなかなか気持ちがいい。

ボクと与一さんは、島にきてから六年間、ずっとこのルートを一緒に往復し続けてきた。そして、車庫に帰り着くと、そこには毎日のように学校帰りの清が遊びにきていたものだ。

ボクに《魂》が吹き込まれたのは、この神の島にきて少し経ってからのことだった。それは、数週間をかけてじわじわと命が芽生えてくるような感覚だった。だから引っ越してすぐの記憶はどうにも曖昧なのだ。清があのころ、まだ六歳のかわいい一年生だったことも、かすかに思い出せる程度でしかない。

とにかく、この島で清と与一さんと過ごすようになってからというもの、彼らはいつもボクを家族のように大切にしてくれたし、毎日よく話しかけてくれた。きっと、バスにも心があるということを、彼らはなんとなく感づいているのだと思う。だからボクは、この島のどの車よりも生き生きとしていられるのだ。

うん、断言してもいい。

ボクはいま、世界のどのバスよりも幸せに生きている。

でも、ときどきだけど、とても悲しくなることがある。それは、大好きなふたりにボクの気持ちを伝えられないときだ。

本当は、ふたりがボクにしてくれるように、ボクも彼らに何かをしてあげたいのだけれど……。ボクはどうがんばってみても自分の意志だけでは思いどおりに動くことができなくて、それがとても、もどかしくてならないのだ。

ボクには——、親友の清が深い悲しみにくれているときに、となりで一緒に流してあげられる涙もないし、なぐさめの言葉を発する口もない。背中をさすってあげられるやわらかな手だって、ない。楽しいときに自分自身の警笛を鳴らすことすらできないのだ——。

気持ちのやりとりは、いつだって一方通行。

でも、希望を捨てたわけじゃない。

少し前に、こんなことがあったんだ。

楠たちは、風の力を借りて自分を揺らすことができるのだけれど、それがちょっぴり、うらやましいな、と思ったときに、良心的な彼らは東風に乗せて、素敵なメッセージをボクに届けてくれたんだ。

(キミが生きているということは、それだけですでに奇跡だろう？　ならば、これから先、キミにふたつめの奇跡が起こらないと決めつける理由は、いったいどこにあるんだい？)

やっぱり三千年も生きていると、なんでも知っている。

そしていま——。

ボクはひとつの小さな奇跡を起こしつつある。

じつはボディのお腹のところに思いきり力を込めると、ほんの少しだけれど、床板を「ミシッ……」っと軋《きし》ませることができるようになったのだ。まだ一週間に一度、できるかどうかの、ほんの小さな奇跡なのだけれど、ボクにとっては、これはものすごく大きな進歩だと思っている。だって、あとひとつ、別の音を自由に発せられるようにさえなれば、清と与一さんの言葉に「イエス」か「ノー」かで答えられるようになるのだから。

ボクはその日がくるまで、決してあきらめないことを誓っている。楠のいうとおり、奇跡は二度あると信じている。だから毎日、毎日、仕事を終えたあとに音を出す特訓をしているんだ。

あ、そういえば、まだ自己紹介をしていなかったね。

ボクは、いすゞ自動車のボンネットバス。名前はないけれど「BX三四一」という型番はある。昭和三十四年生まれで、定員は四十九名（本当はもっと乗せられる自信があるけれど）。車体番号は「五九－BX三四一－四一二七四二」で、エンジンの型《かた》式《しき》は「DA一二〇」。ナンバープレートには「愛媛二あ五二一七」と書かれている。

そしてついさっき、一日の仕事を終えて車庫にもどったところだ。与一さんに「今日もお疲れさんじゃったのう」といういつもの優しい言葉をかけてもらったばかり。

お腹に力を入れてみたけれど、今日は返事がうまくできなかった。

だから、これから、いつもの特訓を開始するつもりだ。

ボクは、あきらめない。

◇　◇　◇

今日は本当にさんざんだった。

ツキがないっていうのは、まさにこのことだろう。

岩城に蹴っ飛ばされたケツが、自転車のサドルの上でまだジンジンと熱を持っている。

バットから伝わった手応えは最高だったのに——僕はペダルを思いきりこいで、いらいらのパワーを速度に変えて霧散させようとした。石垣で組まれたみかんの段々畑が、どんどん後ろに吹っ飛んでいく。途中、米穀店のオート三輪とすれ違った。オトンのバスがいる車庫まではもうすぐだ。

僕はさっきの打席のことを思い返した。

あの痛烈な打球は、三塁線を一直線に抜けるはずだった。でも、あのとき、サードを守っていた小池が僕の打球をファインプレーでキャッチしてしまったのだった。そしてそのまま三塁を飛び出していたランナーにタッチして、ゲッツー。

あっけなく、試合終了。

これ以上ないってくらい、最悪の終わり方だった。

もちろん岩城はすぐに僕のところまでやってきて、ひどいダミ声で怒鳴りちらした。

「おまえ、あの大事な場面でようスカした打ち方してくれよったもんじゃの。野球ちゅうもんはチームプレーじゃろが。よそもん、いわれたくらいで熱うなってどうすんじゃ、アホがっ！」

そして、バチンッ、と強烈なケツキック。

僕は痛みで飛び上がった。尻に火がつくとは、じつはこのことではないかと思った。尻っぺたがチリチリと焼きついたみたいになったのだ。

熱くなっとるのはおまえじゃろがっ、と岩城に反論したかったけれど、そんな危険な言葉は一文字だって口から出てくるはずもなかった。僕はただうつむいて、岩城のはいているくたびれた青い運動靴を見つめながら雷雲が通り過ぎるのを待っていた。

ところが、雷雲は拍子抜けするほど、素早く通り過ぎていったのだった。岩城は僕の前からくるりときびすを返すと、今度は二組のピッチャー猪狩のところにズカズカと大股で歩いていった。そして、驚いたことに、いきなり猪狩のケツを蹴り上げたのだ。

「清はわしのチームのもんじゃ。二度とよそもんいうな。そこんとこ忘れよったら次は本気でしばいちゃるけの！」

僕はあっけにとられていた。

両手でケツをおさえたままの猪狩はもちろんのこと、その場にいた全員が固まっていた。

映像が静止しているのに、セミの声の音声だけが生々しく流れている、おかしな映画のワンシーンでも観ているみたいだった。

岩城は最後に僕の頭を平手でバシンと思いきり叩いて、「今日は解散じゃ」と鶴のひと声をかけると、自転車にまたがり、仲間たちを引き連れて去っていった。きっと帰りがけに海にでも飛び込んで、ひと遊びして帰るのだろう。

岩城のゴツい背中を呆然と見送っていたら、「清、惜しかったのう」と自転車に乗った田上が後ろから声をかけてきた。そして、そのまま「じゃあの」と適当な挨拶をしながら帰っていく。

僕は小さな声でその背中に「あぁ、ごめんな」とだけいって、グローブを自転車のかごに放り込み、ひとりで帰路についた。

そして僕は、家に帰る前にバスに逢っていくことにしたのだ。凹《へこ》んだときやひとりきりになりたいときはバスのなかで時間を過ごすのが昔からの習慣になっている。

みかん畑を過ぎ、真珠の養殖筏が浮かぶ海沿いの道路を飛ばすと、遠くに屋根と左右の壁だけの木造の車庫が見えてきた。ここにやってきたのは一週間ぶりだった。夏休みになってからは、あまり立ち寄っていなかった。

自転車を停め、車庫のなかへと歩いていく。

二台ならんだうちの、右側がオトンの運転するバスだ。

僕はそのボンネットの鼻先にふれながら、「元気じゃったか?」とつぶやいたけれど、それはどう考えても愚問だった。オトンのバスは相変わらずピカピカに磨かれていて、力強くて、凛としていたのだ。「ま、オトンが整備しちょるけ、元気に決まっとるのう」

僕はいいながらちょっと笑った。

バスのボディの横についたドアを開けて、ステップをタンタンと駆けのぼり、なかに入った。淀んだ空気にひどい熱気がこもっていて、とたんに僕の全身から汗がじわっとしみ出してきた。オイルと燃料と、そしてたくさんの乗客たちの残り香のような匂いが漂っていた。みんなには、それぞれの生活があって、一生懸命にこの島で生きているような気がして、僕は少しだけ優しい気持ちになった。

額の汗をぬぐって、左右の窓を開けてまわった。東風が吹いているのだろう、山の清爽《せいそう》な空気がバスのなかを通り抜けていく。

僕は最後部の長いベンチシートに靴を脱いであがり、ごろりと寝転んだ。スプリングが軋み、心地よい弾力が背中に伝わってきた。

ここが昔から僕の特等席だった。小さいころ、このシートにひとり寝転んだまま泣いたこともしばしばあったし、放課後、本や漫画を読みながらぼんやりと過ごしたこともある。家でオトンに叱られて逃げ込んだときも、このシートの上でふて腐れていたっけ。四年生のときは、何時間も悶々とどうでもいいことに悩んでいるうちに、そのまま寝てしまったこともあった。たしかあのときは、目覚めたら夜になっていて、心配したオトンとオカンが必死で僕を探してまわったんだ。

このバスのなかにいるとき、僕は不思議とひとりじゃない気がしていた。学校ではいつも《なんとなく孤独》なのだけれど、ここではそういう淋しさを感じないでいられるのだ。自分の居場所、とでもいえばいいのだろうか。とにかく気持ちがふんわりしたものに包まれているみたいで、とてもおだやかになる。不安や、怒りや、淋しさ、といったマイナスの感情が、少し薄められる気がする。だからここには何時間でもひとりでいられたし、ぽつりとひとりごとをいっても、中空から返事が漂ってきそうな感覚すらあるのだった。

「あーあ、なんでわし、野球が下手クソなんじゃろ」

天井に向かってつぶやいてみた。

「………」

　車内はシーンとしたままだった。

　もちろん本気で返事があるなんて思ってはいない。もしも聞こえてきたら——それは僕以外のだれかが侵入しているか、ホラー現象ということになるだろう。それくらいの分別は僕にだってある。でも、どういうわけだろう、ここでひとりごとをいうと、友達に悩みを聞いてもらっているみたいで、とても心地いいのだ。

「オトンに仕込まれたメンコじゃったら、だれにも負けないのにのう」

　あの岩城にだって……。

　僕は、猪狩のケツを蹴飛ばしたときの、岩城の言葉を憶った。

　案外、あいつもいい奴なのかも知れない。だって、最後に僕の頭をひっぱたいたとき、ひどく照れくさそうな顔をしていたのだ。

　風が弱まったのだろうか。車内が少し蒸してきた。

　僕は我慢できなくなって、開けていた窓をすべて閉めて、バスの外へ出た。

「ふぅ……」

　車庫の外にまで行くと、新鮮な風が吹いていた。風は、Tシャツの袖から入り込んで、背中の生地をはたはたとさせた。じっとりとにじんでいた汗がひんやり冷たくなって、気持ちよかった。

太陽はいつの間にか西にかたむいていて、僕を包む空気そのものが透明なセピア色に染まったみたいだった。そして、カナカナ……というヒグラシの声が山いっぱいに充満しはじめていた。

もうすぐ小学校最後の夏休みも終わる。中学生になったら、僕はよそものではなくなるだろうか――。

自転車にまたがって、家路についた。

僕は腹ぺこだった。

新地のにぎやかな商店街を通って雑貨屋のある路地を右に折れ、少し行くと僕の家だ。近づくと、家のなかからふわっと煮物のような匂いが漂ってきて、僕の胃袋はいまにも鳴きだしそうになった。

黒い板塀の内側に自転車を立てかけて、勝手口の引き戸を開けた。夕飯の仕度をするオカンの「おかえり」という声に「腹へった」と返事をして、僕はテレビのある居間へと歩いていった。

先月、モノクロから買い替えたばかりのカラー画面には、ニュース番組が流れていた。紺色の甚平《じんべい》をはおったオトンが麦茶を飲みながらちゃぶ台について、その画面をのんびりと眺めていた。

「ただいま」

「おう、清、帰ったか」

オトンは、ちらりと僕を見てから、いったんテレビに視線を戻したけれど、すぐにふと思い立ったような顔をしてこういった。

「そうじゃ、清、テレビ消して、ちょっとそこに座れ。話があるけん」

僕はいわれるまま、テレビのスイッチを切った。そして、ちゃぶ台のオトンと向かい合う位置に正座した。

オトンはマッチをすってタバコに火をつけた。少し目を細めながら、テレビにも僕にも煙がかからない方に向かって、静かに紫煙を吐き出した。その様子が、なんだか妙に芝居がかっているような気がして、僕はちょっと不安になった。

何か、叱られるようなこと、したかな……懸命に思い出そうとして記憶の隅々まで突いてみたけれど、何も思い当たらなかった。

オトンはもういちど紫煙を吸い込むと、言葉と一緒にそれを吐き出した。

「おまえ、坊主頭が伸びたのう。金子さんとこ行って新学期までに刈っとけや」

「え、あ、うん」

僕は少し拍子抜けしたけれど、でも、まだ緊張はとけないままだった。そんなことで僕をこうやって座らせるわけがない。

「じつはな、清……」

　そこでオトンはまた紫煙を吸い込んだ。

　普段はおおらかでのんびりした性格の人だけに、こういう落ち着きのない態度をとられると、こっちの心臓は忙しくなってしまう。僕はいったんお尻をあげて、座り直した。

「わしのバス、八月いっぱいで運行停止になるんじゃ」

「…………」

「もう古くなってきたけん、新しいバスと入れ替えるんじゃと。今年で十四年目のじいさんバスじゃけ。まあ、あいつもようがんばったの」

　僕の脳味噌から、日本語がきれいさっぱり消えてしまっていた。なんて返事をしていいのかわからなかった。でも、その代わりに映像が流れはじめた。フェリーとトラックを乗り継いでこの島に引っ越してきた日のこと、はじめてオトンの運転でバスに乗った日の誇らしい気持ち。水浴びをしてはしゃぎながら洗車をしたこと、そして、ついさっきのことまで……あのバスと一緒にいたときの映像が、古い映画みたいにチカチカと明滅をくりかえしながら、脳裏を巡りだしたのだった。

「まあ、清にとっても、わしにとっても、思い出のバスじゃけ、淋しくなるのう」

「うん……」

「でもな、本来なら使い古されたバスはスクラップにされるけ。ほい――」

「ス、スクラップ？」

最悪の単語が耳に入った瞬間、僕は反射的にオトンの言葉をさえぎってしまった。

「そうじゃ。まあ、聞け。ほいでもな、まだ充分に走れるバスにスクラップはあんまりじゃけ、わしが会社でごねての、次のもらい先を探してもらったんじゃ。ほしたら広島の竹原《たけはら》ちゅう町の人が手をあげてくれての」

「うん」

オトンは長くなったタバコの灰を、ガラスの灰皿にトンと落とし、そのままもみ消した。そして、写真屋さんで写真を撮られるときみたいな不器用な笑顔を浮かべてこういった。

「ちゅうわけじゃから、来月からあのバスは、その人にかわいがってもらうけ、清はあんまり心配するな。モノちゅうもんはの、必要とされる人のところに自然と渡っていくもんじゃけ。それがモノの幸せちゅうもんじゃ」

ピアノ線で左右の口角をつり上げたみたいなオトンの不自然な作り笑いは、まるで泣く寸前の子供みたいな顔に見えた。だから、心配するなといわれた僕はむしろ、いろいろなことが心配になってしまった。

「ちゅうことは、オトンは来月から新しいバスを運転するんか？」

台所から、トントントンという包丁の音が聞こえてきた。でっかい銀蠅が僕の目の前を飛んだので、手で追い払った。

オトンは、タバコの箱に手をつけたまま、その手を止めて僕を見つめた。さっきの泣き笑いみたいな表情がすっと消えていった。網戸の外から、遠くヒグラシの声が聞こえていた。

ここからが話の本番なのだとわかって、僕は魂ごと流れ出てしまいそうなくらいに深いため息をついてしまった。

「わし、あのバスを最後に、運転手を辞めることにしたんじゃ」

僕は、なんとなく、そうではないかと思っていたのだが、いざオトンの口からその言葉を聞くと、予想以上に気持ちが揺さぶられて、今度は僕が泣き笑いみたいな顔をしてしまった。

オトンは火のついていないタバコをくわえて、静かに話し続けた。

「先月、今治の実家のじいちゃんが死んだじゃろ。ほいじゃけ、あっちの店、ばあちゃんひとりできりきり舞いしとるんじゃ。売るのはよう売りよるが、どうにも修理ができん。ほいじゃけ、長男のわしがもどって後を継いでやろうか思うとるんじゃ」

オトンの生まれ育った実家は、今治の港の近くにある小さな商店街の靴屋だった。

まだ梅雨のあけていない先月、七月の半ばに、僕のじいちゃん、つまりオトンのオトンは死んだ。死因は心筋梗塞とかいう病気らしい。あまり苦しまずに死ねてよかったのだと葬式のあと叔母が僕の頭をなでながらいったのを思い出した。

じいちゃんは初孫の僕にとても優しかったから、棺桶のなかの黄土色になったじいちゃんを見たときは泣きそうになったけれど、でも僕がいちばん悲しかったのは、じいちゃんが死んだあとのばあちゃんを見ることだった。いつもニコニコ笑っていた元気なばあちゃんの背中がみるみる丸くなっていって、一気に十歳くらいは歳をとったように見えたのだ。

だから、オトンの気持ちもわからないではなかった。

でも――。

「じゃあ……うちは来月、引っ越すんか？」

また、一から『よそもん』をやり直すのかと思ったら、目玉のまわりがジンジンと熱くなってきてしまった。そして僕は、ちゃぶ台の上に、ぽた、ぽた、と滴が落ちていくのを、どこか他人事のように見つめていたのだった。

「すまんのう、清。ほいでもな、とりあえず来月すぐに引っ越すのはわしだけじゃ。清は小学校を卒業するまでは、こっちにおればええけん。友達もおろうが、その方がええじゃろ」

たしかに来月すぐに引っ越すよりは、いいかも知れない。

でも――。

「オカンには？」

「さっき、ちゃんと話したけん、大丈夫じゃ。まあ、オカンには少し前から相談はしとったんじゃが、どうにもわしが踏ん切りをつけられなくての。バスの運転手ちゅう仕事が、わしも気に入っとったからのう」

「…………」

「すまんの、清……」

まゆ毛を八の字にして、オトンはうつむいた僕を覗《のぞ》き込むようにした。そして、膝をポンと叩くと、こんなことをいった。

「あ、そうじゃ、ええもん清にやるけの」

オトンは甚平の内ポケットに手を突っ込んで、何かをまさぐりはじめた。

「ほれ、これじゃ、なんともきれいじゃろう」

差し出したオトンの手の上にのっていたのは、青いビー玉だった。

「ビー玉？」

オトンはちょっと悪戯《いたずら》っぽく笑ってうなずいた。今度の笑みは本物だった。

「このビー玉はの、人生の辛《つら》いときに勇気をくれる不思議なビー玉なんじゃ」

「そんなん、嘘じゃろ」

子供だましに決まっている。

「わしが嘘をいったことあるか？」

多分ないけれど、僕は「ある」といってみた。オトンは「清こそ、嘘つきじゃのう」と笑って、手の上のビー玉を優しい目で眺めた。そして、ビー玉に語りかけるみたいにこういった。

「不思議なもんでの、昼間わしは海岸でこのビー玉を拾って、なんとなぁく眺めとっての。ほしたら、じわじわ〜と元気が出てきよってのう。ほいで、今治に帰る決心をつけられたんじゃ」

「ふぅん……」

「ほれ、とりあえずお守りだと思って、持っちょれ」

僕はあんまり気乗りはしなかったけれど、断ったらオトンがかわいそうな気がしたから、とりあえず受け取っておいた。

ところが、いざ手に取ってみると、それはなんともいえずきれいな色をしたビー玉だった。蛍光灯の光のせいだろうか、細かい気泡の入った真ん中あたりが小さく発光しているようにも見えた。

「なんだか、晴れた日の海の色みたいじゃ」

僕がいうと、オトンはうれしそうに目を細めてうなずいた。

「そうじゃろ。わしも同じことを思うとった」

ふたりでまじまじとビー玉を眺めていたら、台所の方から食器を扱う音が聞こえてきた。すぐにオカンが夕飯をのせたお盆を手にして居間に入ってきた。煮物のいい匂いが漂った。でも、さっきまではからっぽだった胃袋も、いまはなんとなく重たい空気のようなもので半分くらい埋まってしまったようだった。

「なあ、オカン……」

僕は、なにを話すか考える前に、なんとなくオカンの横顔に向かって話しかけていた。

「ん？」

茶碗を並べながらこちらを振り向いたオカンの顔は、凛然とした微笑をたたえていて、それは、はっとするくらいに吹っきれた表情だった。僕はその優しい迫力に気圧《けお》されて、喉元まであがってきていた言葉を飲み込んでしまった。

オカンは、やっぱり強い。

それから雨の日が数日間続いた。

ようやくセミの声と広い夏空がもどってきたと思ったら、その翌日がもう八月三十一日だった。

夏休み最後の日。

オトンのバスとの、別れの日。

その日、僕は島のだれよりも早起きをし、ビーチサンダルをつっかけて自転車にまたがり、暗いうちに車庫へと向かった。商店街を抜けて海沿いの道に出ると、夜空が頭上に広がった。ぺったりと凪いだ黒い海に、星のまたたきが映り込みそうだった。

車庫に着いたら、僕はまず天井にぶら下がっている電球をつけた。バスは、いつもとおなじように笑ったネコみたいな顔をして、じっとしていた。

「今日で、お別れじゃけんの……」

つぶやいて僕は、車庫の裏手にある倉庫からバケツと雑巾と脚立を持ってきた。そして、せっせとバスを磨きはじめた。六年間、オトンと何度も一緒にやったから、手順はしっかり頭に入っていた。

僕は、できるだけ丁寧に磨いた。

バスのボディをこすればこするほど、僕のなかから温かいものがこみあげてきて困った。それがあふれ出しそうになるたびに、僕は手を止め、深呼吸をして、なんとかこらえることに成功していた。

外側をふき終えたとき、僕はもう汗だくになっていた。着ていたランニングシャツを脱いで、自転車のハンドルにひっかけた。次は内装だ。吊り革のひとつひとつ、窓ガラス、メーター類のはまったパネル、天井……。何度もバケツで雑巾を水洗いして、丹念に磨いていった。

特等席だった最後部のベンチシートにのって、リアウインドウをふいているとき——僕の背中にみかん色の淡い光があたるのを感じた。振り返ると、フロントウインドウの向こうの空が、じわじわと明るくなりはじめているのだった。

車内はやわらかな光であふれ、とりわけオトンの運転席は、その逆光を反射して、夢のようにキラキラと輝いていた。

僕はリアウインドウの残りをふいて、最後に残しておいた運転席に座った。長年オトンが座っていたシートは、スプリングがへたって、真ん中が少し凹んでいた。昔はよく、オトンの膝《ひざ》の上に座ってこのハンドルをにぎったっけ……。

窓の向こうの空が一段と明るくなり、見渡す風景は濃密なみかん色に染まっていく。

「島のみかん畑のなかを走るのも、今日が最後なんじゃの……」

僕はハンドルをぎゅっとにぎって、明るくなる空を見つめていた。みかん色の朝日が顔にあたって、少し温かかった。

「これまで、ずっと、ありがとのう……」

と、ひとりごとをいった瞬間、こらえていたものがどっとあふれ出した。僕はハンドルをにぎって前を見たまま、声をあげて泣いていた。このバスが大好きだった。このバスを運転するオトンが大好きだった。このバスが走る島も、島に住む人たちも、学校も、凪も、海も、みかん畑も、そして友達もみんな好きだった。

「ぜんぶ、思い出に、するの、嫌じゃ……」

しゃくりあげながら、切れ切れにいった。

ミシッ……。

ふいに床板が軋むような音がした。気になって後ろを振り返ろうとしたとき、フロントガラスの向こうに、朝日を背にした人影が目に入った。

バケツを手にしたオトンだった。

その姿を見たら、僕はまた泣いてしまった。


オトンとふたりで仕上げ磨きをしたあと、僕らは家に帰って朝飯を食べた。

満腹になり、眠くなってしまった僕は、布団に入って少し仮眠をとることにした。

オトンはそのまま最後の出勤に出かけていった。

さっき――、運転席に座って泣いている僕のところにやってきたオトンは、「おまえっちゅう奴は……」とだけいって、僕の坊主頭をぐりぐりとなで続けた。なでながら、何度も上を向いて深呼吸をしているオトンを見て、僕は思った。オトンも泣くのをこらえている……いちばん泣きたいのは、オトンかも知れない。

昼過ぎ、珍しくオトンが会社から電話をかけてきた。受話器の向こうでオトンは「清、ちょっと車庫までこい」といった。

僕は野球帽をかぶり、今朝と同じルートで自転車を走らせた。

車庫に着くと、いつもの場所に新型車両が入っていた。それはボンネットのない、箱形のバスだった。納車直後だけに、鏡のようにピカピカに光っていた。

オトンのバスは……車庫の前に停めてあった。なんだか家を追い出されてしまった年老いたネコみたいだった。あと半年ほどで、僕もこのバスと同じように、慣れ親しんだ家から出るのだ。そう考えたら胸の奥の方が少し重たくなった。

運転席を見るとオトンがこっちを見て笑いながら手招きをしていた。方向幕は『貸切』になっている。

気を取り直して、僕はバスに乗り込んだ。

「よっしゃ、清、好きな席に座れ。これから最後のドライブじゃ。島をぐるっとまわるけんの」

オトンはそういって、いつもの制帽を深々とかぶった。

「ドライブっちゅうても、ふたりだけでか?」

「わしと、清と、このバスの三人じゃ。夕方までに返せばええことになっちょるけ、それまではのんびり走れるけん」

僕は、オトンの運転する姿がよく見える、いちばん前の席に座った。「ほな、出発じゃ」と威勢よくいって、オトンはエンジンをかけた。ギアを入れ、クラッチをつなぐ。貸し切りバスは、ブルブルと胴体をふるわせながら、ゆっくりと走りだした。

宮浦を出発したバスは、わずかな田園地帯を抜けて、大山祇神社の前の通りをのぼっていった。清々しい森の空気が窓から入り込んでくる。

山を越えて島の反対側に出ると、オトンはハンドルを左に切って、海沿いを反時計回りに走りだした。

最初に通った井口港《いのくちこう》にはフェリー乗り場があって、数台の車が列をなしていた。青緑色の海の向こうには、おとなりの生口島《いくちじま》や広島県の山並みが見えた。夏空に、濃い緑色がまぶしく映える。

「生口島のふもとに畑が見えるじゃろ。あそこじゃレモンを作っちょるらしいのう」

行く先々でそんな風にオトンがガイドをしてくれるから、六年間住んだこの島も新鮮に見えてくる。

少し北上して盛《さかり》という集落を過ぎると、遠浅の砂浜が広がって、海の色がきれいな淡い水色に変わった。

「この浜じゃ、大きなアサリがようけ獲れる。清が一年生のころに潮干狩りにきたの、覚えちょるか？」

僕が「なんとなくの……」と答えたら、オトンは「思い出ちゅうもんは、時間とともに風化するもんじゃの」といって笑った。今日のドライブも、いつかは風化して輪郭をなくし、なかったことになってしまうのだろうか。

島の北端を越えて西岸を南下するルートは、ちょっとした山道だった。藪のなかから突如としてキジが飛び出してきて、砂利の道路を横断していった。やがて九十九《つづら》折りの山道を下り、肥海という集落に着くと、海には四角い筏がたくさん浮かんでいた。

「オトン、あれは真珠の筏かの？」

「牡蠣《かき》の養殖筏じゃ。この島の海はおだやかでプランクトンも多いけん、牡蠣がよう育つ。優しくて、いい海じゃのう。いい海じゃのう」

最後の「いい海じゃのう」は、ひとりごとをいうみたいな響きだった。オトンもやっぱり感傷的になっているみたいだ。

やがてバスは最初の宮浦へと戻ってきた。

「今度は、このまま南回りじゃ」

オトンはなじみ深い地元の海に沿って、バスを南へと走らせた。バスの座席の目線から見下ろす海は、いつもよりひとまわり広々として見えた。沖合には大横島《おおよこしま》が輪郭をくっきりと際立たせて、青い海の上に音もなく浮かんでいた。

「清にやったビー玉、この海岸で拾ったんじゃ」

「うん……」

僕はポケットに手を入れた。そして眼前に広がる海と同じ色をしたガラス玉の感触を確かめた。ちょっと冷たくて心地よかった。と、その刹那《せつな》、ポケットのなかのビー玉が、凛、と光ったような気がした。実際には見ていないのだから、光った気がしただけだ。でも……。僕は不思議に思ってビー玉をとりだそうとした。

そのとき、オトンが「お客さん発見」といって、いきなりブレーキを踏んだのだった。「ほれ、清の友達じゃろ」。渚沿いの道を向こうから歩いてくる人影、いかつい身体つき……岩城だった。

オトンは三角窓から声を出して「岩城くん、今日は貸し切りじゃけ、乗りなさい」と誘った。岩城は一瞬とまどったような仕草を見せたが、結局は、いわれるままに乗り込んできた。そして僕の顔を見ると、訊いてもいないのに「いま兄貴の仲間と海でひと泳ぎした帰りじゃ」といった。

オトンが、これから島を半周すると告げたら、とたんに岩城は嬉々とした顔になった。

正直いうと、僕は、オトンとバスとの思い出の世界に水をさされた気がして、この無神経な男の登場に小さなため息をついたけれど、もう仕方がないので、岩城とふたりで最後部のベンチシートに腰掛けた。僕は右端に、岩城は左端に座った。この微妙な距離感こそが、僕とこの島との六年間の距離なのかも知れないと思って、少し気が重くなった。

「でも、なんで今日は貸し切りなんじゃ？」

あっけらかんとした岩城の質問に、僕はこれまでの経緯を説明してやった。すると岩城は、ちょっと眉をひそめて不機嫌そうな顔になった。

「ほしたら、清、中学入る前に引っ越すんか」

だからいま、そういったじゃろ……と思いつつ、僕はただうなずいた。すると、それから岩城はしばらく口を開かなくなった。むすっとした顔のまま、黙って窓の外の風景を眺めている。僕も、放っておいた。

やがて真珠の養殖筏がたくさん浮かぶ浦戸の海を過ぎたあたりで、岩城は窓の外を見たまま小さなダミ声を発した。

「ほんまはの、わしも、よそものじゃけん……。清の転校してくるちょっと前に、この島にきたんじゃけ……」

僕は岩城の方をあわてて見たけれど、奴は外を見たままだった。

でも、宗方《むながた》漁港を過ぎたところで、ふたたび岩城は口を開いた。今度は、窓の外ではなくて、前を向いて脚を組んで——。

「まあ、あれじゃの。中学行くまではよそもん仲間ちゅうことで、面倒見ちゃるけの。四国の中学へ行っても恥かかんように、野球もばしっと仕込んじゃる」

　岩城の照れた顔を見るのは、これで二度目だった。

　僕らのあいだには、なんとなく気恥ずかしいような空気が流れて、ふたりして「へへへ」と笑ってしまった。本当は、わしもメンコを教えちゃるけ、っていいたかったけれど、それはさすがにやめておいた。でも、こいつと、もうちょっと仲良くなれたら、一緒に遊べるかも知れない。岩城にメンコを教えている自分を想像したら、なんだかおかしくなってきて、僕はニヤニヤしてしまった。

「なんじゃ、清、おまえニヤニヤしよって。気色悪い奴やのう」

　そういう岩城も気持ち悪いくらいニヤニヤしていた。

　島の南岸を一周まわって、バスは宮浦の車庫へと戻ってきた。エンジンを切ると、岩城は「じゃあの」といって、帰っていった。僕ははじめて岩城に「また明日の」という挨拶をした。

　いよいよ明日から、新学期がはじまるのだ。

　バスのなかは、ふたたびオトンと僕だけになった。僕は運転席に座ったままじっとしているオトンのところへ歩み寄った。

「このバスには、思い出がようけあるのう……」

両手でハンドルの感触をたしかめながら、オトンがため息のようにいったので、僕は「うん」とこたえるのが精一杯だった。

そしてオトンは、引かれる後ろ髪を断ち切るように「よしっ」と短く息を吐いて、立ち上がった。そして「ほいじゃ、バトンタッチするかの」と、つとめて元気な声を出した。

「バトンタッチ?」

「あそこにいる業者さんが、これに乗って広島まで行くんじゃ」

オトンがプブッと短いクラクションを鳴らすと、その業者さんがこちらを振り向いた。オトンが手をあげたら、向こうもそれに応え、こっちに向かって歩いてきた。

僕とオトンはバスを降りた。そのとき——。

ミシッ……。

と、バスの床板が軋んだような気がした。僕らは一瞬だけ振り返ったけれど、業者さんに「どうも」と声をかけられて、そちらに挨拶を返した。

僕とオトンのバスが、いよいよ他人の手に渡ってしまう。

◇　◇　◇

「このバスには、思い出がたくさんあるのう」

与一さんがそういっても、ボクにはまだ現実感がなかった。

「あそこにいる業者さんが、これに乗って広島まで行くんじゃ」

その言葉を聞いても、まだ信じられなかった。

清と与一さんが、ボクのなかから降りようとした。

（嘘だ。これでお別れだなんて……）

ボクは思いきりお腹に力を込めた。

（お願い、鳴って！）

ミシッ……。

かすかに床板は軋んだ。でも、ふたりはほんの一瞬、ボクを振り返っただけで、そのまま業者さんのところへと歩いていってしまった。

（ちょっと、待って！　行かないで！）

ボクは何度もお腹に力を入れたけれど、もう二度と音は出せなかった。出せたとしても、外にいる人には聞こえるはずもなかった。

与一さんの代わりに、がさつな感じの業者の男がボクのなかにずかずかと乗り込んできた。見知らぬ男だった。少なくとも、これまでボクに乗ったことのある島の人間ではなかった。

与一さん専用の運転席に、男がどっかりと座った。不慣れな手つきでエンジンをかける。ボクの身体がブルブルと振動しはじめた。

「ポンコツじゃのう。でも、まあ、なんとか走るじゃろ」

男は小声でいって、タバコに火をつけた。そして、その灰を、今朝、清と与一さんが磨いてくれた床板に落とした。

運転席の窓の外側に、与一さんと清がならんで立った。

(与一さん、清、お願いだから、ボクを手放さないで。ポンコツでも、がんばって走るからっ!)

心で思いきり叫んだけれど、ふたりには届かなかった。

淋しそうな顔をした与一さんが、清の細い肩を優しく抱くようにした。そして、半分泣き顔になっている清が、ボクのボンネットに触れようとして、そっと手を伸ばしてきた。

でも、その瞬間——ボクは走りだしてしまったのだ。

ボクには、清の伸ばしてくれた手をにぎり返す手がなかった。

ふたりが徐々にボクの後ろ側へと移動していく。

(うそでしょ、ねえ、清!)

黒煙を吐き、ボクのスピードはあがっていく。

(嫌だ。嫌だ。嫌だ。ずっと一緒にいられると思っていたのに)

ボクを見送るふたりの姿が、どんどん小さくなっていく。清が左腕で涙をぬぐいながら、右手を力なく振っていた。

(どうして……ボクは見捨てられるの……ボクの清は、これからどこで泣けばいいの……清と、もう、逢えないの?)

ボクは、自分の意志で動けない《モノ》として生まれた自分の運命に、心の底から絶望していた。

(そうだ、楠たち、力を貸して!)

しかし、風は西風だった。楠たちの声は届かなかった。

清と与一さんが、さらに小さくなっていった。そしてタバコ屋の角を曲がると、ふたりの姿が完全に見えなくなった。

それからボクは、ただ身体をブルブル震わせながら、知らない男のいいなりになって無気力に海沿いを走った。

(もう、ボクが生きている価値なんて……)

そう思ったとき、ツーッと床を何かが転がった。

青い色をしたビー玉だった。どうやら清のポケットから落ちたものらしい。ビー玉は、右へ左へと転がったあと、後ろから二番目の座席の下にある小さなくぼみに、コトン、とはまった。それはまるで、最初からこのビー玉のために作られていたようなちょうどいい大きさのくぼみで、球の半分くらいが埋まったような恰好になった。

海の色をした、清のビー玉。

そのビー玉は、細かい気泡のある中心部が小さく発光しているかのような、とても不思議な輝き方をしていた。

清からの、最後のプレゼント……。

ボクはそのビー玉に意識を集中して、清と与一さんとの思い出をひとつひとつたどりはじめた。ボクの身体から涙が流れないのが不思議なくらいに、切なかった。

宮浦港から小さな錆の浮いたフェリーに載せられ、広島県の竹原《たけはら》という古い港町に着いたのは夕暮れどきだった。空は淡いレモン色に染まり、瀬戸内海の島々はシルエットになっていた。遠くでヒグラシがカナカナカナと鳴いていたけれど、島できくあの透明感のようなものは感じられなかった。

業者の男は、アクセルを乱暴に踏み込んで港から出ると、国道を少し走って、やがて雑草の生い茂った道路わきの空き地にボクを停めた。すぐ近くにバス停と電信柱はあるけれど、それ以外は何もない、ひどく淋しい荒れ地だった。ボクのまわりには鉄くずや、こわれた家電などがところかまわず捨てられて山になっていた。

業者の男がそそくさとボクから降りて、どこかに消えた。そして次に現れたときには、別の初老の男と一緒だった。

初老の男は銀髪をバリバリとかきむしりながら、業者の男にねぎらいの言葉をかけていた。

「んじゃ、わしゃ帰りますけん、あとはよろしく」

業者の男はそういってこちらに背を向け、国道に沿って歩きだした。

業者を見送ると、初老の男はこちらに振り返り、ゆっくりとボクのなかに入ってきた。そして何もいわず、ただ、うんうんとうなずきながら前から後ろまで見てまわり、そのまま納得した表情をして外へ出て、元来た方へと帰っていってしまった。

ボクは、ゴミ捨て場のような空き地にひとりぼっちになった。そしてそのまま、はじめて野ざらしの一夜を過ごしたのだった。夜半からは、冷たい夜露に濡れ、行き交うトラックの爆音がうるさかった。ボクは星を眺めながら、清のことを憶っていた。

翌日は低気圧が近づいて、濃い灰色の空が低くたれこめていた。空き地には、朝から数台のトラックがやってきた。ドライバーたちは、トラックの荷台に積まれていたくず鉄のような荷物を、どういうわけかボクのなかへと押し込みはじめた。

清の特等席だった最後部のベンチシートには、中古自動車のタイヤが乱暴に積み上げられていった。すぐにシートの一部が破れ、スプリングがはみ出した。このシートに寝転がった清の、優しい重みを忘れまいと、ボクは必死になった。

時間とともに、ボクのなかは、くず鉄やら使い古された工具やらで埋め尽くされていった。座席の下にまでいろいろなモノを突っ込まれたけれど、後ろから二番目の席の下の、あのビー玉だけは無事だった。

夕方には、ボクは、ゴミをお腹にいっぱいに抱えた、ただの古い鉄の箱になっていた。もう運転席に人が座るスペースすらなかった。タイヤは、あまりの重さに潰れかけていた。

ボクは自分の置かれた立場を理解していた。

そう、ボクはもうバスではなくて、くず用の物置なんだ。

すぐとなりのバス停には、一時間に一本ほどの間隔で、新型のバスが発着を繰り返していた。彼らにはまだ《魂》がないからモノをいわないけれど、働く姿はどこか誇らしげに見えた。彼らを見ていると、ボクは身を切られるような切なさにやられたので、現実の世界とお腹の重さには固く目を閉じて、そして青いビー玉にだけ意識を向けるようにした。

それからずっと、ボクはくず用の物置だった。

だれもボクに近寄ってはこないし、話しかけてもくれない。

残暑が終わり、秋が過ぎるころ、ボクのボディにはうっすらと錆が浮きはじめた。痛みはないけれど、悲しい気持ちにはなる。だから毎日、毎日、ボクは清のことを考えて過ごした。

冬になって、冷たい雨にさらされ、ときには粉雪が積もり、タイヤがパンクして、どこかの子供の投石で窓ガラスが一枚割られたころから、ボクにはある異変が起きはじめた。《魂》が、じわじわと希薄になっていくような気がするのだった。清との日々を思い出そうとしても、記憶がどこか曖昧になっていくし、昔のようにお腹に力を入れることもできなくなっていたのだ。

さらに年が明けて、春と夏が過ぎたころには、もうボクの《魂》は風前《ふうぜん》の灯《ともしび》だった。清、清、清、と祈るようにビー玉を意識するのが精一杯になっていた。でも、ビー玉だけは、ボクが祈るたびに、凛、と優しく輝いてくれるような気がしていた。

ヒグラシの声が聞こえない季節になると、ボクはなんだか猛烈に眠くなって、生きる気力が日々萎《な》えていくようだった。

（ねえ楠たち、二度目の奇跡なんて、結局は起きなかったよ……）

そして秋雨前線に降りこめられた三日目の夜——。

意識が朦朧《もうろう》としていたボクは、心のまぶたをゆっくりと閉じていった。

すぅっと心地よい闇が降りてきた。
ボクはこの世からいなくなる。
さようなら、清。

第二章　山《やま》古《こ》志《し》（一）

二階建てのその家には壁がなかった。

まだ柱と梁《はり》と床と基礎だけの新築現場である。

現場のなかでは、天井から吊り下げられた工事用の裸電球が、むき出しの白っぽい角材たちを照らし出し、レモンティーのような甘い色に変えていた。二階では顔見知りの大工たちがきびきびと動き回っていて、時折、電動工具を使う音が響いてくる。

施工主から電気の配線工事を依頼された五木茂之《いつきしげゆき》は、ひとりで一階のリビングとして使われる予定の部屋にいた。床にしゃがみ込み、ニッパーを片手に細かな作業に没頭していた。体つきが大柄なわりに昔から手先が器用な五木は、仕事の早さと丁寧さで得意先からは厚い信頼を得ていて、日夜忙しく働き続けてきた。思えば、父の立ち上げた五木電機店を手伝いはじめて、かれこれもう十二年目になる。この三月で三十七歳になったけれど、毎日、身体を動かす仕事をしているせいか、一般的な同年代とくらべると五〜六歳ほどは若々しく見えた。

細かな作業を終えると、五木は「ふぅ」と息を吐いて、ニッパーを道具入れにしまった。

秋もとっぷりと深まった山間の斜面——新潟県小千谷《おぢや》市の南荷頃《みなみにごろ》という小さな集落の斜面にある新築住宅現場は、静かで平和だった。うすっぺらい平面のような赤い太陽は、少し前に山の稜線の向こうに落ちていた。風はほとんどなかったが、気温は十度ちかくにまで下がっていて、厚手の作業着のうえにジャンパーをはおりたくなるような肌寒さだった。

五木は、かたわらの図面に目を通した。そして、配線を柱に沿って天井へとはわせるため、アルミの脚立を手にしてすっと立ち上がった。

目的の柱は建物の真ん中ちかくにあった。五木はその柱の南側に脚立を静かに置き、ぐらつきのないことを確かめると、配線を手にして脚立の最上段へと上がった。

二階から、陽気な大工たちの笑い声が漏れ聞こえてきた。冗談でもいい合っているのだろう。

俺もさっさとこの配線を通して、二階で仕事がしてえな……。

五木の足下から、ふいに地面がなくなったのは、そんなことを考えた刹那のことだった。

二〇〇四年十月二十三日。土曜日。

午後五時五十六分。

五木の身体はその瞬間、無重力を味わっていた。

突如として世界が大地の怒号に包まれ、その猛烈な地響きとともに地面が六十センチちかくも落下した気がしたのだ。

落下と同時に裸電球が消え、周囲は薄闇に包まれた。

いきなりの出来事に、五木は無我夢中で目の前にあった四角い柱に両腕でしがみついていた。足下にあった脚立は倒れ、ガシャンという音をたてた。

そして次の瞬間、大地が信じられないほど大きく揺れ動いたのだ。まるで台風に翻《ほん》弄《ろう》される海原のように、地面がめちゃくちゃに荒れ狂ったのである。天地がひっくり返るのではないかと思うような猛烈な振動――現場のまわりを囲んでいた鉄パイプの足場が、建物の柱や梁とぶつかり合って、ガシャンガシャンとすさまじい音をたてた。

闇のなか、五木は、しがみついていた柱に振り回されていたが、すぐに耐えきれなくなって床へずるずると滑り落ちた。そして座り込んだまま、しゃにむに柱に抱きついていた。

上を見た。あまりの揺れの大きさに、立ち上がることもできなかった。

骨組みだけの住宅は、まるで颪に吹かれた雑草のように揺れていて、いまにも木っ端みじんに崩壊しそうだった。

世界はもう、すべてがもみくちゃで、五木は何がなんだかわからなくなっていた。現実味のない時空――リアルに感じるのは、喉の奥の方を重くするような《死の恐怖》だけだった。自分を守ってくれそうなものは、唯一、上下左右に激しく揺れ動く一本の柱だけで、とにかくそれから振り落とされないようにと、がむしゃらにしがみついていた。

激烈な揺れは、三十秒ほど続いたあと、しだいにおさまっていった。やがて大地が完全に静止したとき、五木の思考回路がふたたびつながりはじめた。

外に、避難しなくては――。

抱きついていた柱から腕をふりほどいて、急いで建物の外にある細い道路へと脱出した。少しおくれて二階にいた三人の大工たちも、上気したような顔でこちらへとやってきた。

「す、すごかったな、いまの」

五木の言葉に、「こりゃ、ただごとじゃねえぞ」と同年代の大工のひとりが応えた。

自分たちのいた建築現場を見上げた。足場がまだわずかに揺れていて、ギィギィと軋んでいた。しかし、それを除けば、外の世界は不思議なくらいに静まり返っていた。風も感じなかった。ただ、黒い山並みと、黒い空が、いつもの夜と同じように広がっているだけだった。だが、遠く見渡す山間の風景には、ひどく重苦しい緊張がはりつめているようにも思えた。

静寂のなか、五木はかすかな物音に気づいた。

水の流れる音だった。

「おい、足下が――」

五木の声に、全員が地面を見た。靴が泥水の浅い流れにひたっていたのだ。建築現場のさらに上の斜面から、その濁った水は流れてきているようだった。

「この上には、たしかでかい養鯉池《ようりいけ》があったよな」

「ああ。おそらく、いまの地震で堤が決壊したんだろう」

大工たちの会話に耳をかたむけていたその刹那——。

ゴゴゴゴゴゴッ。

地鳴りが響き渡るのとほぼ同時に、ふたたび大地が猛烈に揺れだした。

強烈な余震だった。

四人は腰を落として、転倒しないように踏ん張った。

ガシャンガシャンとものすごい音をたてて揺れる足場。

今度の揺れは、さっきよりは早くおさまった。しかし、足下に流れてくる泥水の量は増したようだった。

「大変なことになってるぞ」

「こうしちゃおられん。すぐに家に帰ろう」

「ああ。みんな、気をつけて帰れよ」

三人の大工と五木は、それぞれ自分の車に乗り込んだ。

五木の車は白い軽自動車のワンボックスカーだった。運転席に乗り込み、バタンと勢いよくドアを閉めると、つけっ放しにしてあったキーを回した。一発でエンジンがかかる。

かかると同時に、アクセルを思いきり踏み込んだ。

五木の脳裏には、家に残している家族の顔が明滅していた。妻と小学六年生と四年生の息子ふたり。

たのむ、生きていてくれ……。

ステアリングをにぎる手に、力がこもった。

五木の自宅は、この現場から七キロほど離れたところにある山古志《やまこし》村の虫亀《むしがめ》という集落にあった。車ならば十分もあれば帰り着けるはずだった。

しかし、走りだしてすぐに、五木はブレーキを踏まなければならなかった。眼前のアスファルトにはパックリと黒い亀裂が無数に走っていて、あちこちが無惨にねじ曲げられているのだった。

なんてこった……。

五木は減速したまま、注意深く走りはじめた。

時折、道路わきの斜面から落石があった。なかには直径十五センチはあろうかという岩石も転がり落ちてくる。さすがにすべての落石はよけきれず、タイヤではじいては車の腹でカンカンと音をたてた。

少し行くと、目を疑うような光景に出合った。

行く手に見えているアスファルトが、突然ぐにゃりと三十センチほど盛り上がったのだ。しかも、その盛り上がりは徐々に遠くへと移動していくではないか。五木はその移動するアスファルトの波を、後ろから追いかけるようにして走った。余震の『振動の波』が伝わっていく様子を、目の前でありありと眺める恰好になったのだ。その波は、みるみるアスファルトを破壊していき、その裂け目からは土砂や瓦礫《がれき》が飛び出したりした。

やがてT字路にぶつかった。五木は右へステアリングを切り、国道二九一号線に車を滑り込ませた。

この国道の地割れもまたひどかった。しかも、橋があるごとに十五センチほどの段差が生じていて、行く手を阻むのだ。五木はその段差で車を破損しないよう、ゆっくりと乗り越えるようにして先へと進んでいった。

そして、まもなく左折しようというときのこと――国道の向こう側から大量の泥水が川のようになって流れてきた。五木は、かまわず突っ込み、水しぶきをあげて走った。しかし、どこかの山で地滑りを起こしたのだろう、泥水の背後から土石流が毎秒数十センチほどの速度で、ズズズズズと押し寄せてくるのだった。もはや国道そのものが土石流の川となっていたのだ。

五木は正面から迫りくる茶色い土砂の波に身体を硬直させた。

あの土石流に呑み込まれる前に、左折しなくては！

慌てて左の小径へステアリングを切ろうとしたとき、その小径からまさに出てこようとする車があった。五木は急ブレーキを踏んだ。その車の運転手は、左から押し寄せてくる土石流を見て、あっけにとられ、金縛りにあったように動けなくなっていた。

まずいっ、このままでは呑み込まれる！

五木はクラクションを何度もならして、その車に自分の存在を知らせようとした。

何をしている、はやく下がってくれ！

ハッと五木の車に気づいたドライバーは、慌てて車をバックさせた。そして、五木は素早くその小径へと車を滑り込ませた。バックミラーを見ると、すぐ背後を土石流が移動していくところだった。あと、ほんの数秒遅かったら——、自分はあの土石流に車ごと流されていたかも知れない。首筋に冷たい刃物をあてられたように、五木はぞくりとして総毛立った。

小径を、さらに進む。この細い道路は朝日川《あさひがわ》という谷に沿って造られた道で、途中に小さな集落がいくつかあった。

おびただしい数の落石をよけながら注意深く走っていると、ふいに車のなかにまで猛烈な地鳴りが飛び込んできた。余震だ。五木はステアリングをにぎる手に力を込めた。徐行していた五木の車は大きな揺れにタイヤをとられ、まるでパンクしている車を運転しているような状況になった。

道ばたに出ていた谷沿いの集落の人々の姿が、ヘッドライトで浮かび上がった。彼らは一様に両手で耳をおさえるようにして路肩にしゃがみ込み、切り立った左右の斜面をキョロキョロと見上げていた。おそらく、耳をおさえたくなるような地鳴りとともに、人間が立っていられないほどの余震で大地が揺れ、いま彼らは土砂崩れを恐れているに違いなかった。

この余震で、落石はさらにひどくなった。できるだけ岩石を踏まずに走るようにはしていたものの、もはや避けきれるような数ではなくなっていた。何度も何度も、タイヤは岩石に乗り上げては、それをはじき飛ばしてしまう。

虫亀まであと二キロを切ったあたりで、五木はブレーキを踏んだ。ヘッドライトに照らし出された道路が、途中でいきなりプツリと消えているように見えたのだった。

車を降りて、小走りで前方を確かめにいった。

すると、あるはずの道路がなくなっていた。一メートルほどの落差で、先の道路が落ち込んでいたのだ。

これ以上は、車では無理だ――。

五木はここで車を捨てることに決めた。決めるとすぐに車の後ろにまわり込んで、ハッチを開けた。電機店の車だけに、荷室には様々な工具が積み込まれていた。

冷静になれ……。

五木は、ひとつ深呼吸をして、この先のあらゆる事態を想定し、何を持っていくべきかを考えた。そして大きめのバール、懐中電灯、予備のバッテリー、革手袋を数枚、さらにげんのうなどをリュックに詰め込んだ。寒さに備えて紺色の作業ジャンパーをはおり、泥水のなかに入ることを予想して長靴にはきかえた。必要とあらばすぐに動かせるようにと、車のキーはつけたままにしておいた。

意を決して、歩きだす。

一メートルの段差を飛び越え、その先へと進むと、道幅いっぱいにかなりの量の泥水が流れてきた。

ここまでひどいと、この先の道は破損している可能性があるな……五木は用心して、川となった小径からそれ、あえて杉林の斜面のなかを歩きはじめた。杉の落ち葉をさくさくと踏みながら、急ピッチで歩を進める。

夜空には、半月よりも少し太った月が浮かんでいた。輪郭が曖昧で、妙に赤い色をした、不気味な月だった。だが、その月明かりのおかげで、懐中電灯を使わずともなんとか進むことができた。バッテリーは、できるだけ温存しておきたかった。

虫亀まであと一キロほどのところにたどり着いたとき、ふたたび闇夜に轟音がとどろき、激烈な余震に襲われた。

大地が狂ったように暴れだす。

五木は慌てて近くにあった杉の木の幹にしがみついた。

山の樹々たちは根元から大きく揺さぶられ、上の方でこすれ合ってギイギイとひどい摩擦音をあげた。大木ですら、いまにもなぎ倒されそうな勢いだった。まるで、山全体が怒りと恐怖に絶叫しているみたいだった。

いったい、どうなっちまったんだ――。

余震の揺れがおさまるまで、五木は地滑りを警戒してあたりをキョロキョロと眺めていた。すると、ズズズズズ……という嫌な震動が地面から足の裏へと伝わってきた。音のする方を見て、五木は息を呑んだ。杉林のすぐ下を通っていた先ほどの小径が、いままさに崩壊して、谷底へと滑り落ちていったのだった。

もしも、あのまま泥水のなかを歩いていたら、いまごろ俺は……。

そう思った瞬間、今度はバキバキバキという大木の折れるような音のまじった、凄絶な地響きが黒い空を覆い尽くした。その音はまるで長いこと轟き続ける爆発音のようだった。

どこかの斜面が、大規模に崩落したに違いない――。

五木はぐらぐらと揺れる杉の幹に抱きつきながら、恐怖よりもむしろ焦燥を強めていた。

一刻も早く、家族の無事を確かめたかった。

その後も、余震は頻発した。強い揺れに襲われるたびに、木に抱きついてやりすごしながら、虫亀まであと少しというところまでたどり着いた。

もう、道路を歩いても大丈夫そうだった。五木は道路に降りて、歩く速度をあげた。呼吸が荒くなり、汗もかいていた。

ようやく集落が見えてきた。懐中電灯をつけた。

慌てふためく人々のなかを通り抜け、さらに急ぐ。集落のなかには、玄関のあたりが崩れてしまった家や、地盤が落ち込んで半壊した家などがあった。

最後のカーブを曲がると自宅が見えた。崩壊はしていないようだった。

家の前の道路には白いワンボックスカーが停まっていた。

三菱のデリカ。自分の車だった。

五木は走りだした。

デリカの前までくると、助手席の長男・裕也《ゆうや》と、運転席の妻・洋子《ようこ》が見えた。

次男の達也《たつや》は？

窓におでこをくっつけるようにして、車内を覗き込んだ。

いた。

達也は、後部座席からこちらを見ていた。

全員、生きていた。

五木はホッとして座り込みたくなった。

そのとき、スライドドアが勢いよく開き、後部座席から達也が飛び出してきた。

「お父さん！」

五木は駆け寄ってきた達也の坊主頭に手をおいて、安堵のため息とともに気の抜けたような笑みを浮かべた。

「とりあえず、みんな無事でよかった……」

第三章　福山《ふくやま》

これはまた、かわいいバスやのう。

そうじゃろう。わしが十年かけても助けてやりたかった子猫ちゃんじゃけんのう。

BX三四一いうたら、わしが若いころに乗っとったトラックと同型のバスですわ。

ほんま、なつかしいなぁ。

あんたら、こんなゴミみたいなバス、持って帰ってどうすんじゃ？　うちで引き取ってスクラップにした方がよかろうが。

どうするって、直して乗るに決まっとるやろ。なあ、館長。

そうじゃ。古いモノにはみんな心があるけの、わしの博物館できれいに直して、心まで再生させてやるんじゃけ。

あははは。直すって……ここまで錆びて朽ち果てたバスじゃ、直すもなにもないじゃろがぁ。アホいうたらいけん。

アホはどっちかのう。この榎《えのき》さんが「直す」いうたら、これまでどんな車でも新車のように直っとるけのう。

そのときボクは、夢を見ているような感覚だった。

風に揺れるレースのカーテンみたいな頼りない《意識》が、ふわりふわりとひらめいていた。もしかしたら、カーテンを揺らす風は、まわりの男たちの会話なのかも知れなかった。

とにかく、この子猫ちゃんはわしのところであずかりますけん、持っていかんでください。

そういうことですわ。

あんたら、このゴミに本気で心があるいうんか？

そりゃ、あるやろ。

よほどの変わり者じゃのう。まあ、ボディのなかのゴミごと持っていってくれるんなら問題ないけんな。わしらは整地さえすりゃ文句もいわれんけん、好きにせえ。

おたくなぁ、こいつはゴミちゃうで。だれが見ても人を乗っけて走るバスの形をしとるやん。ゴミゴミいわれたら凹むで。もうちょい待っとれよ、わしが昔のまんまにもどしたる。せやから、いまは、ゆっくり寝ときぃや。

ポン。

だれかが
ボクの
ボンネットに……

さわった！


その瞬間、ボクの全身は、電流が流れたみたいになった。

人間だったら、全身に鳥肌が立ったに違いない。

ネコだったら、全身の毛を逆立てただろう。

ボクに優しくさわってくれたその手の場所から、甘いしびれが、ざざざざーっと波紋のように広がっていって、ボクのボディをびりびり震わせた気がした。もっといえば、なくしていたエネルギーが一気に流れ込んできたような、そんな感じだった。

（ボクに触れてくれたのは、だれなの？）

意識がじわじわと覚醒してくる。

お腹のなかで何かが、凛、と光った気がした。

（何？）

ボクの《魂》に力が宿ってくる感覚がありありとわかった。

凛。

ビー玉だった。

青い色をした、きれいなビー玉だった。

そのとき、ボクの意識の一部が、ポンッと破裂したみたいになった。

清！

いま、ボンネットから広がっているこの甘い感触は、清に触れられたときのそれだということにボクは気がついた。

清、清。

心を澄ませて、清を探した。

でも――、ボクのボンネットに触れていたのは、どういうわけか清ではなかった。

それは、白髪をオールバックになでつけた初老の男だったのだ。あちこちにオイルの染みがついた白いつなぎを着た男――節くれだったグローブのような手が、ボクのボンネットに浮いた錆を優しくこすっていた。そして、まるで本物の『捨て猫』でも見るようなまなざしで、男はこういったのだった。

さあ、そろそろ、新しい家に帰ろうや。

窓ガラスは割れ、全身にひどい錆の浮いたボクは、自分でいうのもなんだけれど、たしかにくず鉄同然だった。タイヤはぺちゃんこになっていて、ホイールも半分ちかく土に埋もれていたし、シャーシも真っ赤に錆びついていた。気づけば、ボンネットのなかのエンジンすらなくなっているではないか。

そんなボクのがらくたボディに、数人の男たちがせっせとワイヤーをかけて、三十トンの巨大なクレーンで吊り上げた。ボクの車体はミシミシと嫌な音をたてて軋んだ。お腹のなかのゴミが重たすぎるのだ。

ミシミシミシミシミシ……。

ボクは吊り上げられた中空でスクラップになってしまうのではないかと不安に思ったけれど、すんでのところでなんとかこらえて黄色いトレーラーに載せられた。

「ほいじゃ、榎さん、行きますけのう」

ワイヤーかけを手伝っていた若手の男が、トレーラーの運転席に乗り込んで大きな声を出した。

白髪の人が、軽く手をあげて応える。この榎さんという人は、さっきボクのボンネットに触れてくれた人だった。彼は、清とそっくりな心の《温度》を持っていた。一度触れれば、ボクにはそれがわかる。だからボクはこの人の存在が気になって仕方がなかった。

ボクを持ち帰ってくれる中心人物らしき人は、みんなから「能宗《のうそう》館長」と呼ばれていた。さっきの会話からすると、どこかの博物館の館長さんなのだろう。

どうやらボクは、この人の博物館に連れていかれるらしい。

「ほな、行こかあ」

榎さんは、にこやかにいって、能宗館長と一緒に別の車に乗り込んだ。

バスなのに走れないボクは、トレーラーの背中でガタゴトと揺られながら、瀬戸内海沿いの国道一八五号線を東へと移動していった。曇り空のせいで、なつかしい海はくすんだ深緑色をしていたけれど、海と反対側の山々はわずかに紅葉しはじめていた。

やがてボクは、海の向こうに大三島を見つけた。フェリーに載せられ、本土に渡ってきた日の、あのどうしようもない切なさがこみ上げてきた。

清はいま、どこにいるのだろう。

ボクのことを、まだ覚えていてくれるかな。

ドナドナの子牛になったような気分でそんなことを考えていたら、お腹のなかでまた、凛、とビー玉が光った気がした。

清の、かけら――。

この不思議な光に、ボクはどれだけ救われてきたことか。

国道二号線に入るころには、もう大三島は見えなくなった。それでもボクは川のように狭い瀬戸内海と、そこに浮かぶ小さな島々をずっと眺め続けていた。

いったいボクはどこに連れていかれて、どうなるのだろう。

榎さんと能宗館長は、どうしてボクを引き取ってくれたのだろう。

そして、いまはいったい、いつなの？

◇　◇　◇

ボロボロになったBX三四一を載せた黄色いトレーラーは、広島県福山《ふくやま》市にある『福山自動車時計博物館』に向かって、国道二号線を走っていた。そのトレーラーを先導して走るトヨタのセルシオは、館長の能宗孝がステアリングをにぎっていた。セルシオといっても、すでに十年落ちだったが、能宗は年式などまったく気にしていなかった。車は、走らなくなるまで直して乗る——それが能宗のなかの常識なのだ。

「それにしても榎さん、間一髪、危ないところじゃったのう。あとちょっと遅かったら、業者に持っていかれて、あのバスはスクラップになっとったけ」

前を見たまま、能宗はいう。助手席のシートに背中をあずけた榎茂は「ほんまですわ」と応えながら、後ろについてくるバスのことを憶った。

榎がはじめてあのバスの存在を能宗から聞いたのは、もう十年も前のことだった。当時、榎はまだ五十五歳、六つ下の能宗は四十九歳だったはずだ。たしか――博物館を運営する能宗文化財団の評議委員のひとり赤堀昭一《あかほりしょういち》が、たまたま竹原の空き地で朽ちているバスを発見し、それを能宗に伝えたのが、ことの発端だったと記憶している。

昔から行動派で知られる能宗のフットワークは軽かった。彼はすぐに竹原へ出向いてあのバスに逢い、その日のうちに所有者である自動車解体業者の三谷《みつや》という男の所在をつきとめたのだった。そして、三谷に頭をさげた。「このまま風化させせとったらバスがかわいそうじゃけ、うちの博物館にゆずってはもらえんか」と。しかし、あっけなく断られてしまう。理由は、三谷の体調が優れないことにあった。あのバスのなかには様々なモノが詰め込まれているのだが、いまは体調が悪くてその整理ができない。整理ができないことには、ゆずれない――それが三谷の理由だった。

その日は納得して帰ったものの、しかし、能宗はあきらめなかった。「あのままじゃ、バスがかわいそうじゃけ」と周囲にいっては、何度も何度もその業者のもとへと通い続けたのだ。仕事で出張に出かけた帰りに手土産を持ってふらりと立ち寄ったり、家族旅行の帰りですらも、車のなかに家族を待たせて三谷を見舞った。しかし、それでも三谷の固く結ばれた心のひもをほぐすことはできなかった。

能宗の竹原通いは、年をまたいで続けられた。

だが、二年、三年たっても三谷は「病状は変わらん」といった。七年、八年たっても、能宗は見舞い続けた。そして十年目を迎えたある日、能宗は榎にこんなことをいったのだった。

「もしかしたら、三谷さんもあのバスが好きなんじゃなかろうか。十年も通えば、あの人が悪い人じゃないことくらいはわかるけんの……。ほいでもわしは、あのバスを榎さんに直してもらって、もう一度元気に走らせてやりたいんじゃ。あのバスは捨て猫と同じじゃけ、わしに救いを求めとる。そんなんじゃけ、次に竹原に行くときは、榎さんも一緒に来てくれんかのう」

もちろん榎は、了承した。あのバスは、榎にとっても忘れることのできない型式のボンネットバスだったのだ。

京都で生まれ育った榎は、子供のころから大型自動車に目がなかった。ずっと抱き続けていた夢は、バスかトラックの運転手になること――。そして十八歳になるやいなや運転免許を取得し、当時、あこがれのバスだったあのBX三四一と同じ型のトラック運転手になるために、運送会社に就職をしたのだった。しかし、運送会社は助手席での仕事が多いうえ、自分の車をあてがってもらえないという理由で、材木店に転職をする。その材木店ではそこそこ運転をさせてもらったのだが、さらに、もっとたくさんBX三四一を運転できるという噂を聞きつけて、今度はヘルスセンターに就職し、キャバレーのホステスの送迎運転手へと転身したのだった。

つまり、榎の青春時代の真ん中には、いつもあのBX三四一がいたのである。

やがて榎は、車を運転するだけでは物足りなくなり、自動車のモール職人として辣《らつ》腕《わん》をふるい、ジャガーなどの名車を数多く手がけた。それと同時に、動かなくなった旧車を買い集めては、レストア再生してマニアにゆずっていたのだった。

だれがどう見てもただのゴミ……そんな車も、榎の手にかかると魔法のようにピカピカに生まれ変わった。

京都に凄腕のレストア職人がいる——その噂は京都から広島まで伝播《でんぱ》していき、やがて博物館を営む能宗館長の耳に入る。そして、このふたりは出逢った。

能宗は、博物館の館長であるほか、財団の長であり、企業の社長であり、地元の名士でもあり……肩書きをあげたらキリがないような人物だった。技術ひとつ、腕一本で生き抜いてきた職人気質の榎とは、まるで違った人生を歩んできた男だった。

でも、たったひとつ、ある信念がふたりのあいだで完璧なまでに響き合った。それは——。

《古いものには、魂がある——》

魂があるから直して使ってやるし、使われてこそ道具は幸せ。大量生産、大量消費という営みでは、人の気持ちがこもった《文化》が生まれない。しかも、直すくらいなら買った方が安いなどという考え方には逆立ちしても賛成できない。

榎は、能宗の持つこの信念に心の底から共感した。そして、彼の博物館でレストア職人として働くようになったのだった。


竹原の三谷のところに一緒に出向くと約束をしてから数週間後、事態は思わぬ方向へと動きだした。なんと三谷から直接、能宗のもとに電話が入り、バスをゆずりたいといいだしたのである。三谷の営む自動車解体業の経営が悪化したため、あの空き地を売り払わなくてはならなくなったのだという。

「ガラクタがぎょうさんある空き地ですけん、業者に整地をたのみました。近日中に、その業者が来ますけ、それまでにどうか持っていってください。十年も強情はってゆずらんで、館長さんには本当に申し訳なかったです……」

三谷の言葉に、能宗は何度も礼をいい、受話器を手にしたまま深々と頭をさげた。

そして通話を切ると、すぐに榎に報告した。ふたりは『善は急げ』で一致し、翌日にはトレーラーとクレーンを調達して、ゆずり受けにいったのだった。すると、その空き地にはすでに整地の業者が入っていて、まさにあのバスをこわして運び出そうとしていたのである。

セルシオは福山市内へと滑り込んでいった。能宗はうしろのトレーラーに気をつかって、ゆっくりと車を走らせていた。

ステアリングをにぎる能宗の横顔を見ていたら、榎はふと礼をいいたくなった。あのバスのために、これだけ社会的地位のある男が、十年ものあいだずっと頭をさげ続けてきたのだ。

「能宗さん……」

「はい？」

「あのぅ、ほんま、おおきに……」

「ん？　わし、なんか榎さんにええことしましたかの？」

榎の心をわかっているのか、いないのか、能宗はいつもの冗談めかしたような口調で応えた。

「あのボンネットバスやけど、わしが責任もって完璧に仕上げますわ」

「榎さんの仕事は、いつでも完璧ですけん」

「おおきに……」

車のなかに少し気恥ずかしいような空気が漂って、ふたりはそれっきり口を閉じた。

JR福山駅の手前までくると、セルシオは国道二号線を左に折れ、少し北上したところでガソリンスタンドのある交差点を右折した。ゆるやかな坂道を下っていくと、すぐに白とあずき色のツートンカラーで彩られた『福山自動車時計博物館』が見えてきた。

◇　◇　◇

ゆるやかな坂道を下っていくと、白とあずき色のツートンカラーで彩られた建物が見えてきた。ボクを載せたトレーラーはその少し手前で、優しくブレーキをかけた。どうやらここが能宗館長の博物館らしい。

建物の入り口の上には、青い文字で『福山自動車時計博物館』と書かれていた。前の道路は二車線のゆるい坂道で、周辺は静かな住宅地だった。

博物館は思ったほど大きな建物ではなかった。でも、ボクを驚かせるには充分の場所だった。なにしろ耳を澄ませていたら、なかからにぎやかな《会話》が漏れ聞こえてきたのだ。

えっ？

ボクは一瞬、絶句して、（く、楠なの？）と話しかけてしまった。けれど、ボクの声は、館内までは届かないようだった。正直、どきどきしていた。だって、その《会話》は、人間たちのものではなくて、楠やボクがするような《魂の会話》だったのだ。

（なにをそんなに驚いているんだい？）

ふいに聞こえてきた太い声に、ハッとした。

（あはは。こっちだよ、道路の向かいを見てごらん）

今度は、人なつっこい声が聞こえてくる。

ボクは慌てて声のする方に意識を向けてみた。

小さな駐車場があった。

そしてボクはあまりの出来事に呆然としてしまったのだ。なにしろ、そこにはボクとよく似たボロボロのボンネットバスがいて、こっちを見て笑っていたのである。さらにそのとなりには、まるっこくて小さなポンコツ乗用車も並んでいる。そいつは妙に愛嬌のある顔で微笑んでいた。そして、乗用車のそのまたとなりには、やっぱりボクみたいなボンネットのついた真っ赤な消防車が停められていて、こちらをじっと見つめているのだった。真っ赤といっても、半分は錆の赤だったけれど。

とにかく――。

本当にいたのだ。しゃべれる仲間が。

あっけにとられ、言葉が出てこなかったボクは、彼らの様子を黙ってまじまじと観察してしまった。

バスと乗用車は陽気な感じだったけれど、消防車だけは、違った。なんというか、どうしようもなく悲しい空気をまとっていたのだ。もしも『絶望のどん底』というものが存在するのならば、彼は自分の《魂》を、真っ暗なそのどん底に置き去りにしてきたような、そんな負のオーラを秘めているようだった。じっと見ていると、赤いはずの車体がブラックホールみたいに思えてきて、ぞくりとするような悲哀と怖さが感じられるのだ。

でも、彼らをひととおり観察したら、少しだけ気分が落ち着いてきた。だからボクは三台に向かって、とりあえず（どうも……）といって、笑いかけてみたのだった。するとバスはゆったりとした笑みを返してくれたし、乗用車は（オッス、よろしくな）と軽いノリで応えてくれた。でも、消防車は、口を閉ざしたまま気配をゆっくり消していった。

（あ、あの……）と、ボクは消えゆく消防車の心を引き止めようとしたけれど、結局は、あきらめて言葉を飲み込んだ。

ボクらのあいだに、ちょっと嫌な空気が流れたけれど、その気まずさをサッと掃き捨てるみたいにして救ってくれたのが、おしゃべりな乗用車だった。

（オイラたちもさ、ここの館長さんに拾ってもらったんだよ。ここにいれば、そのうち榎さんにきれいに直してもらって、また走れるようになるんだぜ。って、ええと、それよりなにより自己紹介をしないとな。まず、オレのとなりのこのオンボロバスは、日野《ひの》のBA一四型ボンネットバス。たしかオイラと同じ一九五八年式だったよな)

(正解だけど、オンボロは余計だぞ)

日野のバスが鷹揚な口調で応えると、乗用車は、へへへっ、と悪童みたいに笑った。

(ちなみにオイラはスバル360、一九五八年式の初期型。昔は大人気だったんだぜ。キミも見たことあるだろ？　で、このすごーく暗い奴が、いすゞBX消防車。とにかく無口だから、まだ年式も教えてもらってないんだ。でも、見たところキミと同じくらいの年代の車じゃないかな？)

(うん、そうみたいだね……)

(まあ、そんなに緊張するな。せっかくここにきたんだ。楽しくやろうじゃないか。今度は、キミのことを話してくれないか)

日野のバスは落ち着いていて、頼りになりそうだった。

とにかくボクは簡単な自己紹介をした。

(ボクは……いすゞBX三四一。年式は一九五九年だよ。瀬戸内海の大三島からきたんだ)

(なんだ、オイラたちのひとつ下じゃないか)とスバル。

(うん。そうだね)

そこで日野が、悪戯っぽく笑った。

(いまキミが何を考えているか、オレたちが当ててみせようか?)

(え?)

日野とスバルは、互いにニヤリと不敵に笑い合うと、ぴったりと声をそろえてこういったのだ。

(いったい、今日は、何年何月何日なの!)

あまりにも図星だったので、ボクは笑ってしまった。

(やっぱり当たりだ。ここにくる旧車は、たいていみんなそれが気になっているんだ。では、教えてあげよう。今日は……)

今日は……。

(二〇〇二年の十一月七日だ)

え……?

に、二十一世紀!

ボクは一瞬、嘘だろ、といいかけたけれど、ふたりは冗談をいっている風でもなかった。

あわてて逆算してみた。たしか、ボクが大三島から連れ出されたのが昭和四十八年、つまり一九七三年だった。そして竹原で眠ってしまったのがその一年後だったから……。

（ボクは、ボクは……、二十八年間も眠っていたんだ！）

もしもボクに目があったなら、きっと白黒させていたに違いない。その様子を見て、日野とスバルはクスクスと笑っていた。

（ここにきたばかりの旧車は、みんな同じことを聞いて、同じ反応をする）

（どこかに捨てられていて、スクラップ直前って車が多いからね。タイムスリップしちゃった気分なんだよな。オイラもこの日野もそうだったから、その気持ち、よくわかるよ）

このときのボクには、彼らの言葉がほとんど聞こえていなかった。清のことを考えていたからだ。

だって、計算したら、清はもう――。

四十歳ってことじゃないか！

その日の夕方、ボクは博物館の関係者たちにお腹のなかのゴミをすっかり出してもらった。はっきりいって、ボクの車体よりも、ゴミの方が重いのではないかというくらい、たくさんのくず鉄やガラクタがはき出された。途中、ビー玉も一緒に捨てられたらどうしよう、とビクビクしていたけれど、座席の下のくぼみにすっぽりとハマっていたおかげでなんとか無事だった。

それにしても、お腹のなかがすっきりすると、気持ちまですっきりと軽くなるのだった。妊婦が赤ちゃんを産んだときも、きっとこんな開放的な気分なのかも知れないな、と思った。

空がオレンジから紫に変わろうとするころ、ボクは日野やスバルたちと一緒の駐車場に並べられた。右から、日野、スバル、消防車、ボクの順番だった。

しばらくのあいだ、能宗館長と榎さんは、彼らの仲間入りをしたボクのことを、とても満足そうな顔で見ていて、帰り際に、どちらからともなく握手を交わしていた。

博物館の夜は静かだった。

時折、前の坂道を車が通るけれど、二十一世紀の車は、排気音が小さくて排ガスもかなり少ないようで驚いた。

星がまたたいても、月がボクらの影をつくっても、あいかわらず消防車は心を閉ざしていて、まったく口を開かなかった。でも、そのかわりに日野とスバルが博物館のことや、能宗館長のこと、榎さんのことなど、ここで《生きて》いくためのたくさんの情報を夜通し教えてくれた。

彼らいわく——、この博物館は、名前のとおり古い自動車と時計が主に展示されているのだけれど、展示物には自由にさわっていいし、車には乗ってもいい。もちろん写真を撮ってもいいのだという。だからお客さんはみんなとても喜んでいるし、展示されたモノたちに愛情を注入してくれるのだそうだ。

（そうやって気持ちを入れられていると、やがてはモノにも《魂》が生じるんだって、三千年も生きている大三島の楠たちがいっていたよ）

ボクは楠たちのいた神様の山から吹き下ろしてくる清爽な風を思い出しながらいった。

（そのとおり。だからこの博物館のモノたちは、たいてい《生きて》いるんだよ）

なるほど。昼間、博物館の入り口からにぎやかな《会話》が漏れ聞こえてきたのはそういうことだったのだ。日野の言葉に、ボクはひとりで納得していた。

今度はスバルがしゃべりだした。

（車はね、たいてい榎さんが《魂》を呼び戻してくれるんだよ。オレたちみたいに元々《魂》があって、やがて捨てられて一時は眠っていて、それを榎さんが起こしてくれるのが普通のパターン。でもね、生産されてから、だれにもかわいがられなくて、《魂》のないまま朽ちていった車でも、榎さんの手にかかると、あら不思議。レストアされているうちに覚醒させられちゃうんだな、これが）

(あの人は、魔法の手を持っているんだ)

日野は遠くを見るような感じで、いった。

ボンネットに触れてボクを目覚めさせてくれた、あのゴツゴツした手を思い出す。

魔法の手。

(まあ、オイラたちのお父さんみたいなもんだね)

あの人が、お父さん、か……。

ボクは、清と与一さんの姿を憶った。

最後の日、ふたりで汗だくになってボクを一生懸命に磨いてくれたっけ。与一さんが会社に無理をいって清にプレゼントした、あの日のドライブも、ずっと忘れられないだろう。

凛。

また、ビー玉が光った。

すると、その青い光にピクリと反応したみたいに消防車が覚醒してボクを見た。でも、それは一瞬のことで、すぐにまたボクから興味をなくしたように気配を消してしまった。

なんだかその後は、日野とスバルとも少し話しづらくなってしまった。だって、ボクは、となりの消防車を飛び越して彼らと会話をしなければならないのだ。どうしても、気を使う。

どうせなら、消防車をはじっこにしてくれればよかったのに——そんなことを思ったりもしたけれど、でも、その日、なんだかボクの心はとても軽やかだった。楠たちに見守られているような、不思議な安心感に包まれていた。

やがて駐車場のまわりで小鳥がさえずりはじめた。空がうっすらと白んできて、福山ではじめての朝がやってきた。

錆だらけのボクらは、朝になっても元気にしゃべり続けた。もう、気持ちはすっかり打ち解けていた。

ボクはふと、最後のドライブのときの清と岩城を思い出した。

ここにいれば、ボクもひとりじゃない。

同世代の友達がいる。

そして、もしかしたらお父さんだって——。

それからしばらくのあいだ、雨の日も、風の日も、ボクは彼らとともに楽しい時間を過ごしていた。

消防車はたまに覚醒するけれど、いつも何もしゃべらないまま悲しいオーラを漂わせ、すぐに自分の殻に入り込んでしまった。

日野とスバルは、それぞれ《魂》の入り方が違った。

日野は、毎日たくさんの乗客を乗せているうちに、じわじわと覚醒してきたのだそうだ。だが、ある日、エンジンが故障したのをきっかけに引退を余儀なくされた。車庫に入れられたまま乗客を乗せないでいたら、彼は一週間と待たずに《眠り》についてしまったらしい。

一方のスバルは、最初のオーナーにかわいがられて覚醒した。でも、その後、数人のオーナーの手を渡り歩くうちに、走る回数が減っていき、いつしか《眠り》についてしまったのだという。

消防車は、どうやって目覚めたんだろう——。ボクはちょっと気になったけれど、会話をするチャンスはなかった。

博物館から出てくる人たちは、なるほどみな一様に笑顔だった。そして笑顔には《魂》を元気にする不思議な力が宿っていることを知った。笑っている人を見ると、つられてこっちまで笑ってしまうように、博物館から出てくる人たちの満たされた笑顔は、ボクらの《魂》にもエネルギーを注いでくれるのだった。消防車も、彼らの笑顔から元気をもらえばいいのに……ボクはそんなことを思っていた。

翌週、ボクは、榎さんにタイヤだけ新品をはかせてもらった。足下が生き返ると、エンジンもないのに走りだせそうな気がしてきて、気持ちの奥の方がうずうずしてしまった。

大三島の青い海と緑の山を感じながら、清を乗せて走る自分をイメージしてみた。でも——、最初はわくわくしていたのだけれど、途中からなつかしさがこみ上げてきて、やがてちょっぴり切なくなって、ビー玉が、凛、と輝いた。そして、その刹那、また消防車がピクリと反応したことにボクは気がついていた。


その夜、ボクはちょっと冒険的な行動に出た。

日野とスバルが眠りについてしばらくしてから、清と与一さんのことを丁寧に思い出していったのだ。小学一年生だったかわいい清のことや、与一さんの優しい運転の感覚、最後部のベンチシートで悔し涙を流していた小学三年生の清、週末になると必ず洗車をしてくれた与一さんの手の感触……。

ビー玉は、凛、凛、と輝きだす。

そして、ボクの狙いどおり、消防車は目を覚ました。

覚醒した彼は、まるで洞穴《ほらあな》みたいな暗い視線で、じっとボクを見つめだした。ちょっと怖かったけれど、でもボクは構わず、清と与一さんとの思い出をさらにリアルに憶い続けた。

消防車は、ずっとボクから意識をそらさない。

やがて、あの別れの日のシーンを心の銀幕に再現していった。朝日に照らされた清が運転席で泣いた場面や、その後、与一さんが天井を見上げながら涙をこらえた場面……ボクのなかに猛烈な淋しさと切なさがこみ上げてきて、胸をざっくりと斬られて、打ち震えはじめた。そして、最後に清が伸ばしてくれた手をにぎり返すことができなかった、あの絶望的なシーンを思い浮かべたとき——。

(あの……)

はじめて消防車が口を開いたのだった。

彼の《声》は、予想していたよりもずっとずっと優しく澄んだ雰囲気を醸し出していたので、ボクは少し驚いた。

(もしかして、あなたも大事な人を亡くしたのですか?)

消防車はボクにだけ聞こえるひかえめな《声》で話しはじめた。ボクも、彼にだけ聞こえるように、意識を集中して応えた。

(亡くしてはいないよ。でも、離ればなれにされてしまったんだ)

(離ればなれ……)

(うん)

ビー玉を、凛、凛、と光らせながら、ボクは清と与一さんとの思い出を消防車に話して聞かせた。

すべてを聞き終えたとき、消防車は、それまでずっとまとっていた絶望的なオーラを少しだけ脱ぎ捨てていた。ボクは訊いた。

（キミは、だれかに死なれてしまったの？）

（………）

消防車は応えなかった。

（ごめん、べつに、話したくないのなら――）

（いえ……。あの人は、私の……）

ボクの言葉をさえぎるようにしてしゃべりはじめた消防車は、しかし、言葉をぐっと詰まらせ、ふたたび黙り込んでしまった。

ボクは辛抱強く次の言葉を待った。

赤いスポーツカーが一台、猛烈なスピードでボクらの前の坂道を通り過ぎていった。その排気音が住宅街に溶けて消えると、いきなり夜の静けさが際立った。

星はあまり見えなかったけれど、幼子の白目みたいに淡く透きとおったブルーをたたえた半月が、夜空にしんと浮かんでいた。

消防車は、その月を見上げるようにして、ふたたび口を開いた。

（あの人は……死にました。消防車である私の目の前で。炎に、焼かれて）

ボクは何もいわず、ただ彼の心の傷を憶った。

（あの夜……。あの夜、私は……）

それから消防車は、ぽつり、ぽつり、と自らの過去を語りはじめたのだった。

華やかな街の消防署での暮らし。そこで、とてもかわいがってくれたひとりの消防隊員に《魂》を吹き込まれたときのこと。そして、ある冬の夜に起きた放火による大火災と、その火炎のなかに飛び込んでいった隊員の遠い後ろ姿。

（彼が炎のなかに飛び込んでいったとき、私の背中のタンクの水はすでに使い果たされて空っぽになっていたんです。私は、私は、消防車なのに、あの人が飛び込んでいった炎を消せないまま……）

火災のなかで起きた激しい爆発。

その人の死を知ったときの、絶望、そして自責。

ボクは消防車の味わったであろう失意の闇を憶うと、呆然となるしかなかった。清の手をにぎれなかったことに、モノとしての悲しみを憶った自分よりも、大切な人の命を炎から守れなかった消防車としての悲しみの方が何百倍もつらいことだろう。

キミには責任はないよ。悪いのは放火犯だよ。モノとしてできるだけのことはやったはずだよ。いまキミが悲しんでいても彼の魂は救われないよ。出逢いと別れはいつもワンセットで訪れるものだよ。残されたキミはこれからを生きなければいけないよ。

うすっぺらな慰めのセリフたちがボクのなかに浮かんでは、言葉の輪郭を持つ前にすぅっと霧散していった。安易な言葉などかけられなかった。

ボクは、この消防車に何をしてあげられるのだろう……。

こんなときこそ楠たちがいてくれたら——、きっと心の底から希望がわき立ってくるような唯一無二の言葉をプレゼントしてくれるだろうに。

ボクは自分にそういう叡智《えいち》がないことを充分に知っていた。だから、悔しいけれど、まっすぐな気持ちをそのまま言葉にしてみることしかできなかったのだ。

（本当に、つらい思いをしたんだね）

（………）

（じつはボク、キミのことがずっと怖かったんだけれど、でも、話をできたいまは仲良くなれそうな気がしているよ）

（………）

消防車は、何も応えてはくれなかった。思い出したくない過去にふれて、また絶望の底へと転がり落ちてしまったのだろうか。もしかしたら、ボクは余計なおせっかいをしてしまったのかも知れない。

でも——。

（よかったら……）

（………）

ボクは緊張のあまり、ちょっと言葉を途切れさせてしまった。
清のビー玉を憶った。
いま、ボクに必要なものは、ちょっとした勇気だった。
凛。
ビー玉が光った気がした。
(ボクと、友達になってくれないかな?)
いえた。
でも、消防車は何も応えてはくれなかった。
闇の底でじっとうずくまるみたいにして、すうっと気配を消してしまったのだ。
青い月明かりが、冷たく感じられた。

その夜から、消防車は以前にも増して覚醒の回数が減っていった。ボクは、本当は優しくて誠実な彼のことを知ってしまったがために、余計に気が重くなっていた。もちろん彼の過去は、だれにも話してはいけないと確信していたし、だからボクは、結局はひとりで背負い込むことになってしまった。
でも、日野とスバルは相変わらず陽気なコンビで、ため息をつきそうなボクに笑いと元気をわけあたえてくれていた。

榎さんも、能宗館長も、毎日のようにボクらの様子を見にきては、ニコニコ顔で話しかけていってくれた。

ようするに、ちょっと気が重い部分もあるけれど、自分のことだけを思えば、しみじみ幸福な毎日が過ぎていったのだった。

年の瀬がおしせまってきたある日、榎さんはボクらに「ちょっくら地元に帰ってくるわ。ほな、ええ年をな」といって、京都の自宅へと帰っていった。普段、榎さんは、博物館の別棟の上の部屋にひとりで暮らしているのだ。大きなバッグを右手にぶら下げて、久しぶりに家族に逢いにいく榎さんは、いつにも増して目尻に深くて優しいシワをたたえていた。

残されたボクらは、とくにやることもなかった。ふいにやってきた団体旅行の小学生たちが、ボクらを見て「すげーオンボロ！」なんて笑ったけれど、そんなのはもう慣れっこだし、実際にボロなのだからしようがない。でも、その小学生のなかのひとりが、「あ、ネコバスだ」とボクを指差したら、いっせいにみんなの目がキラキラしたのには驚いた。ネコバスって、なんだろう……。

二〇〇二年の年末は、まったく雨降りのない年の瀬だった。ボロ車にとっては、錆が増えなくて助かる陽気だ。

ボクらは、いつものように楽しいおしゃべりをしながら平和な日々を積み重ねていき、そして二〇〇二年最後の日を迎えた。

大晦日から正月にかわった瞬間には、どこかで小さな花火が打ち上げられたようで、パンパンと小気味いい音が聞こえた。

（おいよいよ二〇〇三年か。おめでとう、今年もよろしく）

日野がいった。

（去年はさ、最後にこいつが新入りできてくれたから、楽しかったなあ。今年も仲良くやろうぜ、おふたりさん）

スバルがいった。

（うん。ボクもみんなと出逢えて本当によかった。ありがとう。今年もこの四台で楽しくやりたいよ）

ボクは、「四台で」というところを、少しだけ強めた口調でいった。消防車は起きていたはずだけど、やっぱり何もいわなかった。

遠い夜空にふたたび、パンパンパン、という乾いた花火の音がはじけた。みんなで音のする方へと意識を向けた。

（そうそう、オイラの最初のオーナーってばさ、すごく花火の好きな人でさ、いっつも夏になると恋人を乗せてあちこちの花火大会に出かけていたんだ。でさ、その恋人ってのが、ものすごいべっぴんさんでさ）

スバルの痛快なおしゃべりがはじまった。

ボクと日野は、彼の言葉を映像におきかえながら聞く。そうすると、あたかもその現場にいるみたいに感じて、楽しいのだ。

花火が、どんどん打ち上げられる。

スバルのトークが加速する。

ボクは仲間といられるこの平穏な時間に、しみじみとした幸福を感じていた。ずっとこのままでいられたらいいな、とさえ思った。


榎さんが博物館にもどってきたのは、街の空気から正月のまったりしたムードが消えかけた一月十五日のことだった。ちょっと北風が強くて寒いけれど、冬らしくからっとよく晴れた日だった。

午前中に一度、顔を見せにきた榎さんは、昼過ぎになると、どこかから牽引車を連れてきて、ピタリとボクの前に停めた。

「年が明けて最初の仕事は、おまえや。BX三四一。いちばん錆にやられとるから、はよ直してやらんとな」

榎さんはそういってボクを牽引車とつなげると、駐車場からスルリと引っ張り出した。

(え、ちょ、ちょっと、待って……)

いきなりの出来事に、正直ボクはあわててしまった。

でも、すぐに後ろから頼れる日野の声が聞こえてきた。

(しばらくは逢えなくなるけど、永久にお別れってわけじゃない。榎さんにピカピカにしてもらえよ。おまえの晴れ姿を見られる日を、こいつと楽しみに待っているよ)

(まあ、たしかにオイラたちよりも、おまえの方がオンボロだからな、先に榎さんの魔法にかかるってのも許してやるよ。西風のときは、大声を出せばここまで届くさ。ちょっぴり離れていても、愛してるぜ、ベイビー。元気でな!)

スバルは最後までボクを笑わせてくれた。

ふたりとも、ありがとう。

そしてボクの背中は、もうひとりの友達、消防車の声を受け止める準備をしていたのだけれど、やっぱり空振りに終わった。

牽引車は、ボクを坂の上の方へとグングン引っ張っていく。すぐにみんなの姿が見えなくなった。でも、まだ、ここからなら声は届く。

(三人とも、本当にありがとう。きれいになったら自慢しにくるからね!)

ボクは(三人とも)というところにアクセントをおいて、しばしの別れの言葉を叫んだ。

ほんの二ヶ月と少しを並んで過ごしただけなのに、彼らはもうボクにとって、かけがえのない存在になっていた。なのに今夜からは、振り向いても、そこに彼らはいないのだ。一緒にいられなくなるのは、もはや自分の一部を切り取られたまま放置されるような苦痛かも知れない。

でも——。

ボクには確信があった。

きっと大丈夫。

だって、榎さんは、清とまったくおなじ《温度》の手を持った人なのだから。

◇　◇　◇

榎茂は牽引車でBX三四一を駐車場から慎重に引っ張り出した。そのままゆるやかな坂の上へと引いていき、五十メートルほどのぼったところで左折した。そこからは急な上り坂となるが、すぐに見晴らしのいい高台に到着する。

高台には、博物館とおなじ、白とあずき色の横縞を配した建物があった。その一階部分はガレージで、古い町工場を彷彿させる榎の作業場になっていた。作業場のなかは、使い込まれたたくさんの機材やもろもろの部品などで床が埋められていて、バスを入れる余裕はなかった。

榎は、その作業場の前の空いたスペースに牽引車を停めると、輪留めでBX三四一をしっかりと固定した。そして坂の下の駐車場へ牽引車だけをもどしにいき、ふたたび急坂を徒歩でのぼって作業場へとやってきた。

わずかだが、息があがっていた。わしも今年、六十七歳になるんやから、まあ、こんなもんやろ——と小さく嘆息する。

澄んだ冬の青空の下、朽ち果てたBX三四一を眺めながら、タバコに火をつけた。京都に住んでいる妻と三人の娘たちには、だいぶ前から禁煙をすすめられているのだが、ひとりで暮らし、ひとりで黙々と作業をしていると、ふとしたときに、どうにも口さびしくなってしまい、やめられないでいる。

深々と吸い込んだ紫煙を、ゆっくりと吐き出した。煙はすぐに高台へと駆け上ってくる冷たい風にとけて消えた。

この高台は、冬になると身を切るような風が吹きつけてくるし、夏の炎天下は目眩《めまい》がするほど暑い。ガレージにある冷房機器といえば扇風機だけだ。それでも榎は、この作業場が気に入っていた。仕事の合間にふと目線をあげれば、遠くに横たわる低い山並みや、でこぼこした住宅街の広がりを眼下に見渡せるし、空が自分の目線より下にまで広がって見える感じもいいのだ。

タバコが短くなった。携帯灰皿でもみ消す。

榎は、おもむろに作業台のうえに置いてあったカップ酒を手にしてフタを開けた。

そして、その酒を手にしたまま、BX三四一の錆びついたボディの前に立った。

おまえさんは能宗さんが十年も頭をさげ続けて、ようやく仲間入りした特別な子猫ちゃんやからな。しかも、わしがはじめて乗った憧れのトラックと同じ型や。職人の魂、ありったけ込めて直したるわ――。

祈るように、胸のなかで語りかけた。

ボンネットからはじめて、くるりと時計回りに一周、酒をかけてまわった。それが、大仕事にとりかかる前の、榎のいつもの儀式だった。


「さてと……」

榎は作業場からアセチレン・バーナーを取り出してきた。慣れた手つきで点火する。火口《ほくち》から吹き出す炎の具合をたしかめた。

「ほな、右サイドからいくで」

シューと鋭い音をともなって吹き出す炎を、ボディにあてた。まずは錆の浮いた鉄板をはがすために、リベットを焼き飛ばしていくのだ。リベットを飛ばしたら、鉄板を一枚一枚丁寧にはがしていく。

やがて右サイドのボディは支柱がむき出しになった。だが、錆は予想以上に深くまではびこっていて、内部の支柱までもが、赤茶色に朽ちてしまっていた。

それを見た榎は、バーナーの火を消し、腕組みをして目尻にシワをためた。笑ったのだ。

「なかなか、ええ感じじゃん」

手のほどこしようがないくらいに重症な車体ほど、あるいは、こんな車だれにも直せるわけがないといわれるほど、榎にはチャレンジ精神がわき上がってくる。だから、「まぁ、こいつは、ひと仕事になるわなぁ」などとつぶやきながらも、自然と笑みがこぼれてしまうのだ。

車ちゅうもんは、人間の作ったもんや。ほんならわしにも作れんはずがない――それがレストア職人としての榎の信条だった。

とにかく、やることはひとつ。いつものように、残せる部品はそのまま残し、腐食して使えない部品は自分の手で一から作り出していくだけだ。

解体すればするほど、このバスのボディには残せる部品がほとんどないことがわかってきた。ただ、微妙なカーブを描くボンネット部分だけは、錆を落とせば使えそうだった。

榎は黙々と身体を動かし、朽ちた部品をとりだしては精密に採寸していった。採寸したものは厚紙で型紙を起こし、その型紙を使って鉄板に鉛筆で切り取り線を書き込んでいく。

鉄板は、バーナーで焼き切るか、押し切りで切断する。そして、その板金を様々な手法で曲げながらひとつひとつの部品を形成していくのである。

鉄板を曲げるときに、榎がよく使うのがエキセンと呼ばれる古びた道具だった。手動だが、鉄板を力強くプレスして様々な曲線を描き出す優れものである。二十五歳のころ、モール職人になろうと決意して、一年間、無給で下働きをしたときに出逢った師匠からゆずり受けた形見だった。もう四十年ちかくも丁寧にオイルをさしながら大切に使っている道具だ。

かがんだまま作業に熱中していた榎は、ふと腰が固まっていることに気づいて上体を起こした。両手を腰において、背中を反らせるようにする。

少し、休憩だ。

タバコに火をつけて紫煙をゆっくりと吐き出したとき、ずいぶんと時間が経っていることに気づいた。見下ろす町並みは、冬の淡いオレンジ色の斜陽を照り返していた。

続きは、また明日にするか……。

翌日の段取りをイメージしておくために、榎は車体のまわりをじっくりと眺めながら歩いた。

そして、右側後方の骨組みだけになったボディのあたりを通った刹那、キラリと何かが光った気がした。

足を止め、まじまじとなかを覗き込む。

凛。

ん？　なんや……ビー玉かいな？

後ろから二番目の座席の下の床板に小さなくぼみがあり、そこに青いビー玉の下半分がぴったりとハマっているのだった。

榎は、骨組みのあいだから腕を突っ込んで、そのビー玉をとりだし、手のひらにのせた。それは磨き込まれたように、てらてらとよく光った。凝視していると、球の中心部の細かい泡のあたりがわずかに青く発光しているみたいに見えて、それが不思議となつかしいような感動を榎の胸にわき上がらせた。

京都の、丹後の海みたいやな——。

娘たちがまだ小さかったころ、たった一度だけ家族そろって旅行をしたときに見た、日本海の透明なブルー。まぶしい海風に吹かれていた妻の横顔と、波にたわむれてはしゃぐ娘たちの姿が、総天然色でよみがえってくる。

榎は、ふぅ、とやわらかなため息をついた。

家族を養うために、オイルにまみれてしゃかりきになって働いていた当時の自分を憶う。正直いえば、もう少し家族サービスというやつに時間を割いてやればよかったのかも知れないと、若干の後悔がないわけでもない。でも、あのころは自分なりに精一杯生きていたのだとも、思う。

夕暮れが深まり、あたりは濃いピンク色の空気に包まれていた。凪はやみ、高い空を一羽の鳥が音もなく渡っていった。

榎は、昨日まで一緒にいた京都の家族のことを憶った。すると、長年の暮らしでしみついた〝自宅の匂い〟が思い出され、ひどくいとおしいような、切ないような気持ちになった。

凛。

海の色をしたビー玉が光った気がした。榎は、不思議なブルーに輝く小さなガラスの玉を、そっとつなぎのポケットに入れた。

と、その瞬間、バスのなかから、ミシッ……、という床板の軋むような音が聞こえてきた。

榎は、その音にゆっくりと振り向いた。

「なんや、どうかしたんか?」

つぶやくようにいった。

もちろん返事を期待していたわけではなかった。ただ、なんとなく、逆光の夕陽をうけてシルエットになった錆だらけのバスが、ちょっと哀れに、そしてかわいく思えたのだ。

榎はきびすを返し、作業場のなかを手早く片付けると、ひとりのねぐらへと帰っていった。


部屋に着くと、榎はヒーターのスイッチを入れ、さっとシャワーを浴び、すぐに夕食の準備をはじめた。

元々、料理好きなこともあって、外食をしたり出来合いの惣菜を口にしたりすることはほとんどなかった。何十年と使い続けて自分の手先の延長にさえ感じるようになった包丁は、いつでもひげをそれるほどキリッと研いである。だが、買ったときと比べると、刃の面積はもう半分くらいにまで小さくなっていた。そろそろ替え時かも知れんな、と思いつつも、愛着がわいている道具なので、ついつい使い続けてしまうのだ。

窓の外では、今朝から寒風にさらしておいたマナガツオの干物がちょうどいい生干し具合に仕上がっていた。その魚をグリルで二枚焼き、冷蔵庫のなかの適当な野菜と豆腐を入れた味噌汁を作った。それに京都の漬物を並べれば、ひとり暮らしの食卓としては過不足がなくなった。

小さな音量で、テレビをつけた。とくに見たい番組もなかったのだが、何かしら音がないと部屋がむやみに広く感じられて、うすら寒くなるのが嫌なのだ。

冷蔵庫からビールをとりだし、プルタブを開けた。

「ほな、いただきます」

声に出していって、ビールの缶をかたむけた。

年明け最初の、ひとりの食卓は、いつものように静かにはじまり、そして静かに終わった。

食後、榎はチラリと時計を見て時刻を確認すると、カバンのなかに入れてあった携帯電話をとりだし、食卓の上に置いた。そして、テレビをつけたまま、古いバスを特集した雑誌のページをめくりはじめた。わずか数ページだが、BX三四一が掲載されている雑誌だった。

グラビアページのなかのBX三四一をゆったりとした気分で眺めていたら、ふとさっきのビー玉のことを思い出した。榎は、脱ぎ捨ててあった作業着のポケットから、青く光るガラスの玉をとりだし、携帯電話のとなりに並べて置いた。食卓は微妙にかたむいているのか、ビー玉はゆっくりと転がりはじめ、携帯電話にコトリとぶつかって止まった。

蛍光灯の無機質な光を吸い込んだそのビー玉は、しかし食卓に優しいブルーの光を落としていた。それはまるで、白砂の浅い海岸をたゆたう透明な海水のように、ちょっとした光の角度の変化で消えてしまいそうな淡く儚《はかな》い色合いだった。

榎はふたたび雑誌を読みはじめた。しかし数ページも進まぬうちに、時計の針は午後九時ちょうどを指し示した。

プルルルル。食卓の上の携帯電話が鳴った。

榎は反射的に端末を手にしたけれど、すぐには出ず、数コール待ってから通話ボタンを押した。

電話の相手は、妻の京子だった。

「おう、もしもし。うん、元気にしとるよ」

今朝、京都からもどってきたばかりだというのに、すでに習慣となっているいつもの会話を交わしている自分たちに気づいて、榎は苦笑してしまった。さっき食べた夕飯のこと、娘のこと、今日からレストアを開始したバスのことなどを少し話して、二分ほどで通話を終えた。

そして二分前よりも、少し表情をおだやかにした榎は、端末を静かにテーブルの上にもどした。

凛。

ビー玉を見て、榎は憶った。手前味噌にはなるけれど、京子は自分にはできすぎたいい女房だと――。

これまで自分は好きなことを商売にして、好きなように生きてきた。レストアをはじめたころは、「これは男のロマンや！」などと恥ずかしげもなく啖呵《たんか》を切ったりしたものの、仕事が忙しいときは京子に作業を手伝わせたこともあるし、ひと月やふた月、家に一銭も入れられないこともあった。

それでも京子は、ひとことも不平をもらしたことがなかった。むしろ、あっけらかんとした笑顔で「あんたは、やりたいことをやらなあかんわ」とさえいってくれたのだ。

そして、その言葉をもらったとき、榎は、京子の短く切りそろえた爪の先にオイルが入り込んで真っ黒になっていることに気がついたのだった。

化粧もしないまま、くったくのない笑顔を投げかけてくれる京子――やりきれないような思いに胸を打ち震わせた榎だったが、それでもつとめて平静をよそおいながら「そうやな」とだけ応えた。しかし、「そうやな」に続く言葉を、気持ちのなかで、ありったけの声量で叫んでいた。

そうやな――わしは一生をかけて夢を追い続けたる。

その夢で家族を幸せにするんや。

それが男のロマンやないか。

そして、榎の仕事からいっさいの手抜きがなくなった。

翌朝、八時半。

榎はいつものように熱いお茶を水筒に入れて部屋を出た。作業場までは歩いて二分ほどだ。ゆるやかな坂を歩き、続いて急な坂道を前かがみになってのぼっていく。てっぺんに着くと、透明感あふれる朝日を一身に浴びたBX三四一が清々しい顔で笑いかけてきたように思った。

「おはようさん。今日もガンガンやるでぇ」

榎も笑い返す。

手荷物を作業場に置き、遠くの山と町並みを見下ろしながら、朝の一服、タバコに火をつけた。

あちこちで小鳥の唄がはじけていた。

おだやかな朝だった。

そして、このタバコをもみ消した瞬間から、今日も孤独な作業がはじまるのだ。

◇　◇　◇

榎さんは、毎朝、八時半にボクのところにやってくる。「おはようさん」と挨拶をして、タバコを吸いながら、その一日の段取りをじっくりと考える。そして、だいたい九時になると実作業をスタートさせる。

仕事を終えるのは、日が落ちたときだ。明るいうちは、ほとんど休憩もしないで動き回っている。たまには休憩をとるけれど、でも話し相手のいない榎さんは、休憩時間をもてあましているみたいで、タバコを一本吸うか、水筒に入れて持ってくるお茶を一杯飲んだら、もうすぐに作業にとりかかってしまう。

ずっとひとりぼっちで仕事をする榎さんは、気分を変えるためだといって、ボクのおでこのところにある方向幕の標示を、毎日、クルリと回して変えていった。宮浦《みやうら》、盛《さかり》、木ノ浦《きのうら》港、北浦《きたうら》、井ノ口《いのくち》港、瀬戸《せと》港、矢崎《やざき》、浦戸《うらど》、肥海《ひがい》、宗方《むながた》……なつかしい島の地名が日めくりカレンダーみたいに変えられていくのは、ボクにとっても愉しいことだった。そして、たまには『臨時』とか『貸切』といった標示も出していた。

「おまえ路線バスやって聞いとったけど、『貸切』で走ったこともあるんか？」

作業をしながら榎さんはつぶやくけれど、実際に『貸切』を標示して走ったのは、これまでたった一度、清と与一さんとの最後のドライブのときだけだったので、ボクはちょっぴりセンチメンタルな気分になる。

榎さんの仕事は、とても丁寧だった。ボクにたいする愛情が、細かい作業に至るまで、いちいち伝わってくるのだ。節くれ立って、分厚い皮がごわごわになっている働き者の《魔法の手》でさわられていると、まるで清と与一さんに洗車をしてもらっているときのように、ボクは満ち足りた気分でいられるのだった。

あのビー玉は、最初の日に榎さんが持っていってしまったけれど、ボクを直すには床板もすべてはがさなければならないのだから、どっちにしろ仕方がないのだと思うことにした。

それに、いまボクは、ビー玉がなくても淋しくはない。

大三島での思い出があるし、昼間はいつも榎さんがいてくれる。西風が吹いたときに日野とスバルと消防車に向かって大声で話しかければ、東風のときにその返事がスバルの大声で返ってくるのだ。そして、その返事がいつも愉快で、ボクは笑ってばかりいられた。さらに、作業場に置かれたエキセンという古い小さな道具にも《魂》があって、夜のあいだのボクの話し相手になってくれるのだった。エキセンは、若かりしころの榎さんのことをいろいろと話してくれた。

榎さんの仕事を眺めているのもおもしろかった。

部品の錆は丁寧にサンダーで削り落とすのだが、穴があいてしまったら、すぐに型紙を起こして同じ部品を鉄板で作ってしまう。

ほとんどの鉄板は榎さんが切断していたけれど、特殊なものはシャーリングという機械を持っている業者に頼んでいるみたいだった。床板には、オイルを染み込ませて、元々あった古い板の風合いを出してくれた。吊り革は、竹原の三谷さんが外して捨ててしまったので、別の古いバスのものが使われた。

窓ガラスはきっちり採寸して、ガラス屋さんに発注。それが届くまでに窓枠はすべて完成していた。網棚は鉄パイプを成形したり、他のバスの部品を応用してつけてくれた。深い亀裂の入ったハンドルには、なかに鉄筋の芯が入っていた。榎さんは、その芯がむき出しになるまでサンダーで削っていき、樹脂系のパテでその部分を埋めて、乾燥したらサンダーで磨き、またパテで埋めて、さらにサンダーで磨き、と繰り返していって、最後はツヤツヤの新品みたいに仕上げてくれた。

春がとおり過ぎていって梅雨に入ると、榎さんは雨のあたらないガレージのなかでこつこつと細かい部品を作り上げていった。フェンダーやグリルなどの曲面の成形が難しいみたいだったけれど、それでもでき上がりはボクのボディとぴったりフィットした。

なかでもいちばん苦労したのは「ロケット」と呼ばれる、ボクのおでこの上につけられる葉巻形をしたランプの成形だった。榎さんは、このロケットを作るとき、左右にわけてそれぞれ部品を成形し、最後に溶接してつなぎ合わせ、完成させた。それができたとき、目を細めて満足げにタバコをふかしていた榎さんは、どこか誇らしげですらあった。職人というのは、こういう瞬間に喜びを感じるのだろう。

毎日のようにボクの様子を見にきてくれる能宗館長も、そのロケットを見たときには、「さすがに、うまいもんじゃのう……」と感嘆していた。

やがて梅雨が明け、輪郭を光らせた入道雲が山並みの向こうにせり上がってくると、セミたちの大合唱が熱気をビリビリと震わせはじめた。

盛夏、この作業場は猛烈に暑くなった。高台の利点で、風があるのが多少の救いだけれど、それでもやっぱり、うだるように暑い。メッシュの入ったつなぎを着た榎さんは、あごの先からぽたぽたと汗をしたたらせ、時折、首に巻いたタオルで顔をごしごしとぬぐいながら、作業を黙々と続けていた。

とはいえ、夏の作業はボクにとっては夢心地だった。

梅雨のあいだに作りためておいた部品がボディにどんどん張りつけられていくのだ。リベットを打ち、溶接をし、錆びた柱だけだったボクの身体が日増しにバスらしくなっていく。このわくわく感たらない。そういえば榎さんも「部品作りよりも、この組み立て作業が楽しいんや」とつぶやいたことがある。

サイドの組み立てがだいたい終わったある日、ひどい暑熱のなか、榎さんは重労働をはじめた。太い鉄パイプをクランプという金具でつないで足場を組みはじめたのだ。よく工事現場などで見かけるあれだ。

夕方、足場を組み終えると、さすがの榎さんも「いや、ほんまにえらいわぁ……」ともらして、ボクの乗降口のステップにストンと腰掛けた。うつむいた顔の、鼻先とあごの先から汗がしたたり落ちる。ボクはそんな榎さんが、たまらなくいとおしくなって、心の底から(ありがとう)をいった。

すると、ふいに何かを思い出したように榎さんがつなぎのポケットに手を突っ込んで、小さなモノをとりだした。

あの、ビー玉だった。

しばらく、そのビー玉を見つめていた榎さんは、やがて「よっしゃ」と気合いを入れて立ち上がった。

「明日から屋根の溶接やるでぇ」

そういって、一日の仕事のピリオドとなるタバコをくわえた。

ヒグラシの季節が終わり、秋の虫の宴も終わると、ふたたびきびしい冬が訪れた。にぎやかだった虫たちは地中に潜り込み、地上は取り残された世界みたいに静かになってしまった。でも、このころのボクの身体は、ほぼ昔の形状をとりもどしていた。

酷寒の日でも、榎さんは切れるほど冷たい水に手をひたしては、耐水ペーパーを使ってパテを盛った部分をゴシゴシと磨いていった。ボクのボディは、磨かれるほどになめらかさを増していくのだが、しかし、その作業は、榎さんの手の皮膚から油脂をどんどん奪っていった。

そしてある日、ガスバーナーをにぎった瞬間のこと、榎さんがギュッと両目をきつく閉じるようにして顔をゆがめた。右手の中指の第二関節の部分の皮膚が、パックリと割れてしまったのだ。

「おお、痛え……、今年もまた職人の勲章やな」

榎さんは、いったん部屋にもどって軟膏を塗り、絆創膏を巻いてふたたび作業にとりかかった。絆創膏は、血液がしみて真っ赤になっていた。

大陸の高気圧は、くる日も、くる日も、カラカラに乾燥した冷たい風を榎さんに容赦なく吹きつけた。おかげで榎さんの指の第二関節は、何ヶ所も割れてしまった。両手の指は絆創膏だらけになった。ひどいところは、割れてはくっつき、を繰り返し、見るも無惨なほどに荒れてしまっていた。それでも榎さんは、革手袋もしないし、ゴム手袋もつけなかった。職人の仕事には、指先の微妙な感覚が大切なのだという理由で……。

ボクは、何かの拍子に榎さんがギュッと痛みに顔をしかめるのを見るのがつらかった。一刻もはやく冬が過ぎ去ってくれることを祈りながら日々を過ごした。

ある朝、ボクの足下に、与一さんの好きだったオオイヌノフグリが瑠璃《るり》色の小さな花をつけた。やがてホトケノザ、ヒメオドリコソウ、タンポポといった雑草たちが開花しはじめ、そのころにはもう榎さんの指はすっかり治ったようで、絆創膏もとれていた。

まるい風に、春を感じる季節——ボクの全身には赤レンガ色をした錆止めのスプレーが吹きつけられ、その上からマスキングをして本格的な塗装がはじめられていた。

カラーリングは、肌色に近い山吹色と、博物館とおなじあずき色のツートンカラー。地元広島の鞆《とも》鉄道の古い時代のバスがモデルになったようだった。大三島にいたころとはまったく違うけれど、衣装替えをしたみたいで、ちょっとわくわくする。

さらに、榎さんのもっとも得意とするモールもつけてもらった。ピカピカなモールは、元々は一本だったのだけれど「わしが手がけた証しや」ということで、上下に二本つけてもらった。

内装は、能宗館長が経営している家具の会社が手伝ってくれた。シートのスプリングは榎さんが直したのだが、それにモケットと呼ばれる濃いブルーの布地を張ってもらったのだ。

外側の塗装が終わると、次は内側だった。榎さんは防毒マスクとゴーグルをつけて、灰色がかった水色の塗料を塗っていく。塗る場所によってスプレーとはけを使いわけていた。

「この天井がな、難儀なんや……」

すべてのレストア工程で、榎さんがいちばん難儀するのが、天井の塗装だった。なにしろ、頭はずっと上を向けたままだし、腕もあげたままの作業である。肩から首にかけての筋肉がガチガチに固まって、夜も寝られないほどひどい状態になってしまうのだ。それでも榎さんは（かわいい子猫ちゃんに手抜きはできんわな）と自分にいい聞かせたりしながら、天井をクリーム色に近いホワイトでツルツルに塗ってくれた。


やがて春は深まり、いよいよ桜の季節がやってきた。

その朝も、八時半きっかりに榎さんはやってきた。

見上げた空は、あのビー玉みたいに透明なブルーが広がっていた。この世のすべてがキラキラして見えるくらいのいい天気で、完成間近のボクも心が浮き立っていた。

榎さんは「おはようさん」といつものようにいって、タバコをくわえ、火をつけた。

普段なら、この後、ボクのことを眺めながら一日の仕事の段取りを考えるのだけれど、でも、この日の榎さんは違った。

ゆっくりとした足取りで近寄ってきて、ボクの乗降口のステップに腰掛けると、つなぎのポケットからビー玉をとりだしたのだ。

「今日で、終わりやで……」

ビー玉を見ながら、ぽつりとつぶやいた。

え？

いよいよ、完成なんだ――でも。

ボクは一年と二ヶ月ものあいだ、榎さんを独占してきた。他のバスのレストアを手がけたときと比べると、二倍ちかい時間を費やしてもらったことになる。それは本当にありがたいことだ。でも、こうやって毎日逢えなくなることを思うと……。

「ほな、仕上げ、やるかっ」

淋しすぎる……。

まぶしい春の陽射しのなか、榎さんは立ち上がった。

最後の仕事は、座席の取り付けだった。ボクのなかに運び込んだ座席をボルトで床板にきっちりとめていく。単純作業なだけに、昼前には最後のボルトを榎さんは締め終えた。

すると榎さんは「よっしゃ」といってボクから降り、作業場のなかへと消えた。

ああ、これで、ついに……。

ボクが虚脱状態に落ちかけたとき、榎さんは作業場からもどってきて、ふたたびボクのなかへと入った。

「これが、ほんまの最後の最後の総仕上げや……」

つぶやきながら後ろの方の席へと歩いていく。そして、おもむろに床板の上に四つんばいになった。

最後の最後の、榎さんの仕事――。

ボクはうれしくて、ありがたくて、心のなかでむせび泣いてしまった。

それが終わると、榎さんは靴をぬいで、いちばん後ろのベンチシートにごろんとあおむけになって寝そべった。スプリングがたっぷりスムーズにたわんで、重さをゆったりと受け止める。この感じ……清よりもずっと重いけれど、でも、清とおなじ幸福の重みだった。

はぁ。

あおむけのまま榎さんは、なにかうれしい夢でも見ているみたいな遠い表情をして、深いため息をついた。

そして、ひとことつぶやいた。

「完璧や」

◇　◇　◇

ＢＸ三四一を仕上げた夜の九時。

榎はワンコールで京子からの電話に応えた。

「おう、もしもし。うん、元気にしとるよ」

出だしはいつもとおなじだったが、「あのな、今日はな」と話しはじめて通話時間はいつもの三倍になった。

そして京子の「おつかれさま」という言葉に、榎は「うん、おおきに」と素直に返事をして、通話を終えた。

翌日、ＢＸ三四一はトレーラーに載せられて、福山市内にある中央ヂーゼルという会社の自動車修理工場に連れていかれた。そこでエンジンを載せ、電機系の配線をし、足回りを整備してもらうことになっているのだ。すべてがうまくいけば、車検を通してナンバーをつけてもらうことができる。

榎がレストアしたバスの整備を手がけるのは、いつも工場長の山岡幸穂《やまおかゆきほ》という男だった。今年で五十三歳になる熟練だ。榎は、はじめて逢ったときから山岡のなかに自分と同じ『職人』の匂いを感じていた。だからこそ、安心して任せることができた。

そういえば過去に山岡は、こんなことをいっていた。

「古い車を直すいうのは、儲けじゃなくて趣味みたいなもんです。ああいう車には気持ちがあるんでしょうな、こっちも自然と愛着がわきますけん。だから大変ですけど、楽しんでやれます」

能宗館長が中央ヂーゼルの山岡をひいきにするのもうなずける。

山岡いわく、このバスに使うエンジン『DA一二〇』は、林業者から仕入れるとのことだった。山で伐採した木材をケーブルで吊って降ろすのに使われていたエンジンが、たまたまこのバスのものと同型だったというのだ。

榎は、立派にナンバープレートをつけて、この博物館に帰ってくるBX三四一を夢想しつつ、次のレストア車を選びにかかった。なにしろ博物館の所有するたくさんの駐車場には、全部あわせると百台以上ものレストア待ちの車がいるのだ。

二〇〇四年四月二十一日。

晴れわたった、ぽかぽか陽気のその日。

いすゞBX三四一は、中国運輸局広島運輸支局福山自動車検査登録事務所において自動車検査を受け、再登録が決まった。

三十一年ぶりにつけるナンバープレート。

登録番号は『福山200　は　81』。

登録を終え、博物館にもどってきたバスを見たとき、榎はボンネットに抱きつきたい衝動にかられた。能宗も孫でも見るように目を細め、拍手で迎え入れた。

「榎さん、ありがとう。やっぱり完璧じゃのう」

能宗の言葉に、榎は笑みで応えた。そして、心のなかで能宗にバトンをわたした。ここから先は博物館の館長としての能宗の出番なのだった。道具は、使われてこそ幸福なのである。

そしてバスは、翌月から大忙しになった。

ゴールデンウィークに催されたボンネットバス試乗会をはじめ、広島市の平和通りで開催されたフラワーフェスティバルのパレードなどに参加し、一躍、地元の人々のあいだで人気を博していくのであった。

笑顔の乗客をたくさん乗せて、春風のなかを幸せそうに走るBX三四一——榎はそのまぶしいような姿を見るたびに自分の頬がゆるむのを感じていた。そして、なんとなくつなぎのポケットに手を突っ込んで、あのビー玉にふれる。

凛。

不思議な青い輝きを感じると、次の子猫ちゃんに魔法の手を差し伸べてやる気力がわいてくるのだった。

第四章　湯《ゆ》沢《ざわ》

「なああ、ちょっと、おもしれえことやんねえかぁ？」

高井正《たかいただし》専務のこのセリフを聞くと、私の心臓はいつも反射的にスキップをする。
ド、ドッキン。
冷蔵庫で冷やした緑茶みたいにさっぱりした専務の性格上、私がひとこと「忙しいから、やりません」と答えれば、それで終わるということも重々承知してはいるのだけれど、まさか内容も聞かずに断るワケにもいかない。だから私はいつも、なかば強制的にこう返事をさせられることになっているのだ。

「お、おもしろいことって、今度はなんです？」

すると専務は、例によって、むふふ、と意味ありげに笑って、「これだよ、これ」と小さな一枚の紙切れをひらひらさせた。「この湯沢《ゆざわ》町に、ネコバスを走らせるんだよ」

は。ネコバス？

「ネコバスって……トトロとかいうアニメの？」

「おっ、高橋部長、さすがに知ってるねえ」

「ええ、まあ、それくらいは……」

「よし、それなら話がはええな。さっそく打ち合わせをしよう」

高井専務は事務所の入り口右側にある会議室へと歩きだした。私もあわてて立ち上がり、その肉付きのいい背中を追う。

ああ、こうやってオレったら、また高井専務の『おもしれえこと』とやらに引きずり込まれていくんだろうなぁ――。心のなかで小さくボヤいてみる。でも、じつのところ、半分くらいは……いや、正直いうと七割くらいは、専務のいう『おもしれえこと』が本当におもしろかったらどうしよう……と、ほのかに期待している自分がいるのも事実なのだ。なんだか、ちょっと悔しいけれど。

私、高橋俊夫《たかはしとしお》が勤めているのは新潟県の湯沢町にある『森下企業』という名の株式会社だ。従業員数は六十九名。経営の主軸はいわゆる土建業なのだが、最近になって魚沼《うおぬま》交通と湯沢タクシーというふたつのタクシー会社を買い取っている。高井専務は、この二社をしっかり機能させるよう、社長の森下新一郎《もりしたしんいちろう》から勅命《ちょくめい》を受けていたのであるが、どうもその会社がいまひとつ伸び悩んでいるらしい。

そもそも湯沢といえば、ご存じ、温泉とスキー場で知られる観光地だ。本当は、春はとても清々しい高原だし、夏は清流で泳いで遊べるし、秋は紅葉が非常に見事なのだが、そのあたりがあまり知られていないのが残念なのである。

さらに、このところの雪不足や不況のあおりなどで観光客の数が年々減ってきていて、タクシー業界の景気もじわじわと右肩下がり。つまり、社長の勅命を受けた専務は、立場的にあまりよろしくないことが予想されるわけである。

そういえば、ここ数ヶ月、専務はなにか『おもしれえこと』をやって湯沢に集客ができないものか、町全体に活気をみなぎらせるような企画でもって、地元に貢献できないものか――、とデスクに向かって太い腕を組み、うんうんと唸《うな》りながら頭を悩ませていた。で、そんな折りに、ふとひらめいたのが『ネコバス』だった、という流れなのだろう。

私は一応、軽く二回ノックをしてから、専務が先に入った会議室のドアを開けた。なかに入り「どうも」といって、向かい合うようにソファに座ると、すぐに女子社員がお茶をふたつ持ってきてくれた。専務はニッコリと完璧なえびす顔をつくって、「いつもありがとうね」といい、上品な所作でそのお茶をすすった。

開け放った窓の外を見ると、深呼吸をしたくなるほどに澄みきった青空が広がっていた。梅雨はいったいどこに行ってしまったのだろうか――日本を代表する米どころの人間としてはちょっと気になるところだ。

女子社員が部屋の外に出て、ドアをカチャリと静かに閉めた。彼女の足音が遠ざかるのを確認すると、専務はふいにニヤリと笑った。不敵すぎる笑み。まるで『金のまんじゅう』を前にした悪代官みたいだ。

「いやいや、忙しいところ悪いな、高橋よぉ」

ふたりきりになると、私の『部長』という肩書きは省略されることになっている。

「ああ。べつにいいけど、ネコバスってなんだ？」

私もまた、専務にたいしていっさいの敬語を省略する。

じつは、高井専務と私は新潟県立塩沢《しおざわ》商業高校時代の同級生なのだ。専務はだいぶ前からこの会社に勤めていたのだが、私はしばらく隣町の役場の職員をやっていて、数年前にここに転職した。当然、肩書きとしては歴然とした上下関係が生じるわけなのだが、こうやってふたりきりになった瞬間、私たちはいつも悪だくみをしてほくそ笑む、四十七歳の同級生コンビになってしまうのである。

しかも、私の肩書きは『企画開発部長』ときた。なにかしらの新しい事業を企画して、それを実際にやってみるのが仕事なのだ。ひたすら『おもしれえこと』が大好きな専務にとっては、この私の肩書きはまことに都合がいい。だって、ピーンとひらめいた悪だくみをそのまま同級生の私に押しつければいいのだから。

「高橋、この新聞の切り抜き、読んでみろよ」

「どれどれ」

そして、本当に困ったことに、私もまた『おもしれえこと』がどうも嫌いじゃない体質なのである。

ざっと新聞の切り抜きに目を通した。そこには全国の古いボンネットバスの写真を撮り続けて、写真集まで自費出版したという、新潟県内の小千谷西高校の教諭のネタが書かれていた。バスマニアのあいだでは相当な有名人であるらしい。

「この丸谷洋一《まるやよういち》先生って人に連絡をつけてよ、どこかにいいボンネットバスがないか教えてもらってくれよ」

「で？」

「うちの会社で買うんだよ。バスを」

「買うって、いきなり……。社長のハンコは？」

「ねえよ。っていうか、まだ相談すらしてねえもん。へへへ」

普段はえびす顔の専務が、完全に悪童の表情になっていた。

この男、やる気だ。

「でも、社長を口説かないことには金がおりないわけだから、買うも何もないだろう」

「大丈夫、任せておけって。最後はオレがなんとかするから。高橋はとにかく、いいバスを探して、買う手配をしてくれよ」

「とにかく、って……」

どう考えても、社会人として適切な仕事の手順ではない。本当ならここで、忙しいから嫌だ、といってしまえばいいのだ。でも……、専務のこの爛々と輝く目と悪童の笑みを見ていると、なぜか無性に胸の奥の方がざわざわしてきて、私の口はついうっかり心とは裏腹なことをいってしまうのである。

「……ま、まあ、もしも仮に、そのバスを買えたとするよ。そしたら、そのあと、バスはどうするんだ？」

「そりゃ、おめえ、何かしらおもしれえ企画を考えて、町のために走らせなきゃ意味がねえだろ。飾っておくだけじゃバスもかわいそうだしな。それによ、古いものを大切にするっていうのは、おまえのやってる環境事業の思想からも外れてねえだろう。せっかくプラントまで造ったんだからよ、てんぷら油の燃料を使ってボンネットバスを走らせてみたらどうだ」

「まあ、それは、たしかに、そうかもなぁ……」

私はいま、浄化槽にたまる汚泥を肥料にする試みや、てんぷら油を軽油の代替燃料にする事業などを推し進めているところだった。そして、いずれはこの湯沢町を『環境の町』として全国にアピールするのが大きな夢のひとつでもある。その夢のシンボルとして古いボンネットバスを購入し、バイオ燃料で走らせるというのは、たしかに悪くないアイデアだ。わが町の温泉街のムードにもしっくりと馴染むだろうし、さらにそのバスが話題になって観光集客の目玉にでもなれば、町全体に活気も出てくるはずだ。

よし、こうなったら――いや、でも、ちょっとまて……。

私は念のため、自分のなかで最後の審判を下すのに最低限必要な質問をした。

「ホントの、ホントの、本当に、社長は口説けるのか？」

「ああ、大丈夫だ。秘策は、ある」

ちょっと、目が泳いだ。でも……まあ、いいだろう。はなから成功するとわかっている仕事よりも、若干のリクスをはらんでいるくらいの方がワクワクするではないか。

「そ、そうか、うん、ＯＫ。今日からさっそく手配にかかるよ」

「たのむぞ、相棒。この町を、ボンネットバスで盛り上げよう」

うなずき合って、がっしりと握手をした。

手を離すと、とたんに口笛でも吹きだしそうな顔になった専務が会議室から出ていった。そしてバタンとドアが閉められた刹那、私は、あるとても重要な事実を思い出したのだった。

高井専務が、生粋《きっすい》のレトロ車マニアだったということを。

いつもどおり、専務の新たな『おもしれえこと』に巻き込まれることになった私は、さっそくバスマニアの丸谷先生に協力をお願いして、ボンネットバス購入のために奔走しはじめた。丸谷先生は教育者らしくとても真摯《しんし》な方で、惜しみなく人脈や知恵を貸してくれた。そのおかげで、わずか数週間後には、いいバスのありそうな場所が見つかった。

丸谷先生が紹介してくれたのは、広島県の福山市というところにある『福山自動車時計博物館』だった。この博物館の館長さんは、あちこちから捨てられそうになった（あるいは、捨てられていた）車体を引き取っては、きれいにレストアして、そして人々に見せて、乗せて、という仕事をしているらしい。しかも、この博物館には、マスコミにはいっさい顔を出さない伝説のレストア職人がいて、その人が手がけた車体の完成度ときたら、それはもう相当なものであるらしいのだ。

私は、入手したそれらの情報を報告しようとして、デスクについたまま首を右にひねった。視線の先、約三メートル離れたところに専務の席があるのだけれど、彼の横顔はひどく深刻そうだった。えびす顔の眉間に深いシワをよせて腕組みをしながら、石のようになって考え事をしているのである。間違いない。私に「ある」と宣言してしまった《秘策》を、今まさにひねり出そうとしているのだ。

私は苦みばしった横顔に向かって「専務、ちょっと。例の件につきまして進展がありましたので、あっちで」と会議室の方を指差した。すると専務は、とたんにニッコリえびす顔を咲かせて、「し、進展があったの？」といい、うんうんとうなずいた。よっぽどうれしいのだろう。マニアだから……。

会議室のソファに座り、お茶をもらい、女子社員の足音が消えるのを待ちかねたようにして、悪代……もとい、専務はしゃべりだした。

「み、見つかったのか、いい車体が？」

「うん。福山の博物館にあるらしい」

「ええっ、福山ってことは、まさかあの自動車時計博物館か！」

さすがマニア、よく知っている。だったら自分で探せばいいのに。

「そう、その博物館だよ。でな、一度、その博物館に出向いていって、どの車体がいいか見ておいた方がいいと思うんだ」

私がいうと、専務は脳震盪を起こしてしまうのではないかと思うくらい、勢いよく何度もうなずいた。

「行く行く行く、オレも行く。いつ？」

「七月二十四日。都合つけられる？」

「うん。つけられる」

手帳も見ないで、いいのだろうか……。

そして、七月二十四日。

私と専務は仕事をサボ……いや、わが社の環境事業と地域活性化のために『福山自動車時計博物館』を訪れた。現地で丸谷先生と合流すると、まずは能宗館長と学芸員の宮本一輝《みやもといっき》さんを紹介してもらい、そして彼らの説明を受けながら、博物館のなかを見学してまわった。

館内には、時計はもちろん木馬や蝋人形などもあり、そして貴重なレトロ車がズラリと展示してあった。驚いたのは、どの車も自由に乗っていいという博物館の方針だった。マニアの専務はあたりまえだが、私までも、ついつい童心にかえってレトロ車の運転席に座り、ハンドルをにぎって、ニコニコ笑いながら記念撮影をしてしまった。

見学の途中、能宗館長と高井専務は、古いモノには《魂》があるのだ、という話で意気投合し、さらに町づくりや地域活性化をテーマにして盛り上がっていた。

「わしはの、専務、私利私欲のためだけにバスを欲しいゆう人には絶対にゆずりませんが、古いものを大事にするという気持ちを町づくりに役立てるゆう話でしたら、できる限り協力させてもらいますけんの」

能宗館長がとても真剣な目で、私たちに釘を刺すようにいった。

博物館を出ると、学芸員の宮本さんの案内で、私たちは何台かのレストアされたボンネットバスを見てまわった。駐車場はあちこちに点在していて、それぞれにレストア前と後のレトロ車がたくさん並べられている。はっきりいって、そこを見ているだけでもおもしろい。

急な坂道をのぼったところには広いガレージがあって、そこで伝説の職人、榎茂さんも紹介してもらった。白いつなぎを着た榎さんは、人なつっこい感じの笑顔で、ひょいとこちらに白髪の頭をさげた。

数台あるボンネットバスのなかから、専務がひと目惚れしてしまったのは、いすゞBX三四一というバスだった。そのバスのとなりには、まだレストアされていないボンネットつき消防車や、スバル360、日野のBA一四という型式のボンネットバスが、なんとなく仲良さげに並んでいた。

「わ、BX三四一だ。これ、いいなあ、すごくいいなあ。きれいだし。かわいいし。ネコバスのモデルになったバスだし」

専務の目は恋する乙女みたいにうるうるして、完全にマニアのそれになっていた。見ているだけでは飽き足らなくなると、専務はBX三四一のボンネットに手形のハンコでも押すみたいにペタペタとさわってみたり、なかに入ってハンドルをにぎったりして、うっとりと陶酔していた。丸谷さんも、これはたしかにいいバスですねぇと、横で律儀に相づちを打っている。つられて私も、ボンネットをペタペタさわってみた。

ん――？

なんだろう、このあったかい感じ。気温が高いからだろうか。

「なんだか、これ、ペットみたいというか、すごく愛着のわきそうなバスですね」

感じたままを私がいうと、能宗館長は「こういうバスは生き物じゃけ、愛着もわくもんです」と笑顔で応えてくれた。

生き物、か――。うん、たしかに心を持っていそうな雰囲気がある。専務が惚れ込んでしまうのも、なんとなくわかる気がした。

　すると、それまでニコニコしているだけで、ひとことも口を開かなかった榎さんが、ぼそっとこんなことをいったのだ。

「申し訳ないけど、このバスはな、いままでレストアしたなかでもいちばん出来のいいバスやねん。わしの孫みたいなもんやし、できればよそに出したくないねんけどなぁ……」

　だが、その言葉を聞いて、専務の意思はむしろ固まってしまったようだった。どうせなら伝説の職人が手がけたなかで『いちばん出来のいいバス』が欲しいのである。そりゃ、私だって、そう思う。

　そして、ランチを一緒にとったあと、丸谷先生をまじえて博物館側との交渉が行われ、ついにあの、いすゞBX三四一をゆずり受けられることに決まったのだった。専務の、バスにたいする（マニアとしての？）熱い思いと、地元にたいする強い愛着が、能宗館長と榎さんを動かしてしまったのだ。榎さんは、決定後もやっぱり少し淋しそうな顔をして、「いいバスなんで、本当にかわいがってやってください」と白い頭を深々とさげた。

「はい。大丈夫です。いろいろとこちらにもバスと町民を楽しませるための秘策がありますから」

専務もまじめな顔をして応えていた。

湯沢にもどってからというもの、専務はとてもご機嫌で、曇りひとつないえびす顔だった。しかし、専務のそばを社長が通るときだけは、なにか嫌なことを思い出してしまったみたいに、その表情がどよよんと曇る。ようするに、まだ例の社長を口説く《秘策》を思いついていないのだろう。

ところが、この人ときたら、肝心な《秘策》は思いつかないけれど、『おもしれえこと』はいくらでも思いつくらしくて、ふいに会議室に呼び出した私に、満面のえびす顔でこんなことをいったのだ。

「なあ高橋、あれは瀬戸内海からくるバスだから、『瀬戸の花嫁』だよな」

「花嫁？　あのバス、メスとは限らないぞ。あははは」

「まあ、それは置いておいて」

私の冗談にはほとんど反応を示さず、専務は続けた。

「とにかくレトロな『バスの嫁入り』ってことでキャラバン隊を組織して、大々的にマスコミに宣伝してもらおう。で、そのときに湯沢町もアピールしちまおうじゃないか」

こうやって私の仕事量はどんどん増えていくのだ。

「おもしろそうだけどよ、そういう企画をやると金がかかるだろう。その費用のことも社長に――」

「だ、大丈夫。秘策は、ある」

専務は、私の言葉をあわててさえぎった。どうやら、いまいちばん耳にしたくない単語が『社長』であるらしい。私は、かなり本格的に心配になってしまった。なにしろもう能宗館長からゆずり受ける約束を済ませてしまったのだから……。

「おい、ホントに、ホントに、社長、ちゃんと口説けるんだろうな?」

鋭い視線を向けたら、やっぱりちょっと専務の目は泳いだ。けれど彼はすぐに意を決したように「秘策は、ある」と、首を縦に振ってみせた。

この男、やる気だ。

いや、やってもらわないと、私が困る。

その日の夕方――。

社長がふらりと顔を出した。

仕事中の社員に気さくに話しかけたりしていて、かなり機嫌がよさそうに見えた。その様子をじぃぃいっと眺めていた専務は、ふいに思い立ったように自分の席から立ち上がった。そして、ニコニコと笑っている社長のもとへと歩み寄っていった。

いよいよだ。

私の心臓は、またスキップをした。
ド、ドッキン。
たのむ、うまくやってくれ……。

私の祈りをよそに、専務は、いつかのように口笛でも吹きそうなのんきな顔をして、社長と並んで歩きだした。

社長が、そんな専務に気がついて、「ん、なに？」と笑顔のまま振り向いた。

「ああ、社長。いや、とくには、アレなんですけどね。まあ、ちょっと新しい試みってことで、なつかしいボンネットバスでも購入してみようかと思ってましてね。うちの会社も観光集客という切り口から町にきちんと貢献していくべきでしょう」

「ほう。前向きな話題じゃない。それで？」

でるぞっ！

ここで、秘策が！

私は、耳を三倍くらいに大きくして、専務の言葉に集中した。

「あ、そうですか。社長も前向きってことで？　じゃあ買いますから。それじゃ、どうも」

専務はくるりときびすを返して、足早にトイレの方へと消えてしまった。

私は、自分の目と耳を疑った。

ポカンとした社長は、頭の上に大きな『?』マークを出したまま、しばらく笑顔のまま固まっていた。

秘策って……。

『おもしれえこと』が大好きなのは、うちの専務だけではなかった。博物館の能宗館長という人も、かなり遊び心のある人だったのだ。私はなんとなく恐縮しながら『バスの嫁入り』についての企画を能宗館長に電話で話してみたのだが、すると彼は「そりゃあおもしろい企画じゃけ、バスも喜びますなぁ」と、二つ返事でのってきてくれたのである。そして、できるだけのことをしましょうと約束をしてくれた。

それから私は、馬車馬となった。『バスの嫁入りキャラバン』を成功させるために、連日、徹夜が続いたのだ。

専務の秘策（?）によって社長からもぎ取った軍資金をもとに、かかる費用の計算やら、旅の途中のスケジュール作成やら、宿泊先の手配、参加人員の管理と整理と連絡。万一ボンネットバスが故障したときに載せて走るためのセルフローダ車の手配と、途中にあるいすゞ自動車への協力要請。さらに表敬訪問先との折衝、新聞やテレビなどマスコミへの告知とお願い。福山での出発式のテープカットに湯沢町長を担ぎ上げる手配……もう、やるべき仕事が地面から雑草のごとくわらわらと吹き出してくるし、空からも土砂降りのごとく降ってくるような日々だった。

そして、八月十六日の夜。

ようやくバスの嫁入りキャラバンに関する手配のすべてが一段落した。あとはもう、明日からの本番を予定どおり動かすだけだ。正直、もう私は疲れ果てていて、虫の息だった。一刻もはやく家に帰ってビールを飲んで、眠りたかった。

しかし、私は『睡眠の神様』から見放されていたらしい。ふいに背後から明るすぎる恐怖の声が襲いかかってきたのだ。

「やあ高橋部長、いろいろとお疲れさまだね。ところで、ちょっとおもしれえアイデアが思い浮かんだんだけど」

私の心臓は、スキップどころか、数秒間は停止していたと思う。

「こ、今度はなんですか?」

「あれ。なんか怒ってる?」

怒っていないはずなのに、怒っているような口調で応えている自分がおかしかった。

「怒ってなんていませんよ。で、なにか?」

「ああ、うん。じつはよ、せっかくキャラバン隊を組織するんだから、ユニフォームくらいあった方がいいと思ったわけさ。関君がパソコンとプリンタを使ってTシャツにプリントをする方法を教えてくれるっていうからよ。ちょっと悪いんだけど、人数分の無地の白いTシャツを買ってきてくれないか?」

怒っていないはずなのに、私の口は勝手に冷たい口調になって、こんなセリフを吐いていた。

「ご自分でどうぞ」

専務は一瞬、ギョッとした顔をしたけれど、すぐにいつものえびす顔になって、「じゃあ、オレがいまから買ってくるからよ。せめてプリントだけは一緒に手伝ってくれよ」といい残し、会社を出ていった。

仕方なく私は、関君と一緒に、くだらない世間話で笑い合いながら、ビールの代わりにお茶を飲み、専務の帰りを待った。じつをいうと関君もまた高校時代の同級生なのである。だから、他の社員たちが帰ったこの時間は、肩書きなしで会話を楽しめるのだ。

専務の帰りは遅かった。会社を出てから二時間待っても帰ってこない。事故でも起こしたのではないかと心配して携帯に電話をかけようかと思ったところで、ようやく帰ってきた。

「いやいや、遅くなっちまった。なにしろもう夜だからよ、どの店に行っても閉店でよ、開いている店を見つけるのに車でグルグルまわっちまったんだよ」

額に玉の汗を浮かべた専務は、まいったまいった、といいながら、会議用デスクの上にたくさんのTシャツが詰め込まれた白いビニール袋ふたつをどさっと置いた。

「よし。もう夜だし、さっさとやっちまおう」

関君の合図で、中年同級生トリオは動きだした。

まずは専務が買ってきてくれたTシャツの束を、白いビニール袋からどさっと出して、一枚一枚のビニール袋を開封し、タグをとる作業からはじめた。

ところが開始直後、関君がいぶかしげな声をあげたのだ。

「あ…れ…？　こ、このシャツ……。Tシャツじゃないよ」

「へ？」

私もタグを見てみた。そして、思わず声を荒らげてしまったのである。

「あっ、専務、これ、ただの白い下着じゃない！」

専務は、悪戯がバレた少年みたいな顔をした。

「お、怒ってる？」

「いや、怒ってないけど、なんで下着なんだよ？」

「だってよ、どの店も開いてないし、ようやく見つけた店でも同じ無地のTシャツを二十着なんて置いてなかったんだよ。そしたら、Tシャツみたいな下着ならあるよって店のおばちゃんがいうもんだから……」

私と関君は、まゆ毛を八の字にして顔を見合わせた。

「で、下着だと知りながら、買ってきた、と……?」

私のナイフのような突っ込みに、専務は得意のえびす顔で明るく応えた。

「とまあ、そういうわけだから。とりあえずプリントをしておいてもらって、と。それじゃ、ちょっと……」

いいながら専務はクルリときびすを返し、足早にトイレの方へと歩いていってしまった。社長をけむに巻いた得意の《秘策》が、ここでも通用すると思っているらしい。

まあ、とにかく、遠くから見ればこれはTシャツに見えないこともない、かも知れない——というポジティブな意見でお互いを納得させ合って、中年同級生トリオは、苦手なパソコンに向き合ったのだった。

四苦八苦しながらボンネットバスの写真をパソコンにとり込んで、それをアイロンプリントシートという特殊な紙に一枚一枚プリントアウトする。続いて、Tシャ……もとい、下着のお腹のあたりにそのシートをあてがって、上からアイロンをかけて転写すれば、下着ユニフォームが一枚完成する。そして、いまからこれを二十枚以上やらなければならないのだ。

作業を開始して五分と経たずに、慣れない手つきでアイロンをかけながら専務がぼやいた。

「しかしなんでまた、大のオトナが三人も集まって、夜中にアイロンがけなんてしなくちゃなんねえんだろうなぁ」

なんですと？　私は反射的に「なにいってるの。専務がやりたいっていうからでしょ。しかも下着だし」と、親が子を叱るようにいった。

「高橋、怒ってる？」

「お、怒ってないよ。っていうか、ちょっと、もう眠いんだよ、オレ」

「あははは。おまえら本当にいつもいいコンビだよな。テレビに出て漫才にでもチャレンジしたらどうだ？」

関君がプリンタから丁寧にシートを出しながら笑った。

専務と私は、顔を見合わせて苦笑する。

網戸にしてある窓から、カエルとスズムシの歌が流れ込んできた。時折、涼やかな高原の風もすぅっと忍び込んできて、私は風鈴でもぶら下げておけばよかったな、なんて考えていた。

すべてのTシャ……もとい、下着ユニフォームが完成したのは、深夜の一時をまわったころだった。

正直、私はもうくたくただった。いま、このリノリウムの床に横たわれば、三秒後には熟睡している自信がある。

後片付けを終えて、会社の玄関を出ると、肺に甘く感じるほどに澄みきった夜気が私を包み込んだ。心地よくて、思わず大あくびをした。この町の夏の夜は、本当にいい。

天の川を眺めながら、私は明日の予定を頭のなかで整理した。我々が福山に向けてここを出発するのは十時。でも、その前に出社して、いろいろとやらなければならないことがある。ってことは、また寝不足じゃないか——と思ったら、ちょっぴり哀しくなったけれど、でも、明後日からのキャラバンを思うと、遠足の前夜の子供みたいにわくわくしてしまう。

結局、オレったら、またしても専務の『おもしれえこと』にどっぷりハマっているんだよなぁ——。私は自分に向けた失笑のかけらを吐き出すみたいに「ふ」と短いため息をついた。でも、それはとても軽やかな音符みたいなため息で、ふわふわと夜空に浮かんでいくような気がした。

明日、八月十七日からは本番だ。

朝寝坊しないように気をつけないとな。

◇　◇　◇

このところ、博物館にはなんとなく慌ただしい空気が流れていた。きっと明日のボクの嫁入りの準備が忙しかったに違いない。

それにしても――。

どうしてボクは、売られてしまうのだろう。

榎さんにレストアしてもらってから数ヶ月、ボクはこの町の人気者だったというのに。お年寄りには、なつかしいと喜ばれ、子供たちは決まってネコバスがきたといって無邪気にはしゃいでくれた。もちろん青年も、中年も、ボクを見るときはたいていが笑顔だった。能宗さんも榎さんも本当にかわいがってくれたし、日野とスバルという親友もできた。消防車だって――。

でも、いま、現実としてボクは、福山最後の夜を越そうとしているのだった。

本当のことをいうと、明日、ここを離れるという実感がまだわかないでいる。ただ、別れのシーンを想像すると、どうにも気持ちが滅入って仕方がない。唯一の救いといえば、湯沢からきたふたりがボクのボンネットをペタペタとさわったときの感触が、清や榎さんと同じ《温度》だったことだ。彼らは、ボクのことをきっと大切にしてくれるだろう。

それでも、やっぱり……。

これって涙雨？　空を見上げてボクは思う。墨汁を霧吹きで夜空に吹きつけたような曖昧な闇から、生温かくて細い夏の雨がぼそぼそと落ちていた。その雨が、世界の音をすうっと吸い込んでいるみたいで、とても静かな夜だった。いつもはにぎやかなスズムシもコオロギも、みんな押し黙って、ひっそりとどこかに隠れてしまっていた。

時折、ぽつり、ぽつり、と、日野とスバルが思い出のかけらを口にする。ボクはそれに努めて明るい声で応えながら、でも、淋しさに押しつぶされそうになっていた。

と、ふいに日野がつぶやいた。

（おい、あれ、榎さんじゃないか？）

見ると、坂の上の方から白いつなぎを着た榎さんが、小走りでこちらへとやってくる。

（こんな雨降りの夜中に、どうしたんだろう……）

スバルがちょっと心配そうな声を出した。

榎さんは、傘をさしていなかった。雨はさほど強くはないけれど、肩から背中にかけてはじっとりと濡れそぼって、白いつなぎが素肌に張りついているように見えた。髪の毛もびしょびしょで、顔に幾本ものしずくがしたたっている。

ボクの前までくると、榎さんは手にしていたコンビニのビニール袋から、濡れないように気をつけながら懐中電灯をとりだした。そして、ふぅ、とひと息ついて、懐中電灯を灯し、ボクのなかへと入ってきたのだった。

オイルのしみ込んだ床板を黄色い光で照らしながら、榎さんはゆっくりと後部座席へ向かって歩いていった。そして、いちばん後ろからちょっとだけ前のところで立ち止まった。

つなぎのポケットに、すっと手を入れた——。

このとき、ボクはもう、榎さんが何をしようとしているのかがわかって、心が一気に震えだしてしまった。

（どうした……？）

気配を察知した日野が、心配そうに訊いてくれた。

（え、榎さんが……）

ボクはそれだけしかいえなかった。

榎さんは、ゆっくりと床板にはいつくばった。

懐中電灯の光で、後ろから二番目の座席の下を照らしながら。

レストアのときの、最後の最後の、榎さんの仕事——ノミで削ってあけてくれた、小さな丸いくぼみを見つけ出した。

榎さんは、つまんでいた青い光の玉を、そっとそのくぼみに落としてくれた。ビー玉は、昔とおなじようにぴったりと穴にはまって、下半分が埋め込まれたようになった。

榎さん……。

凛。

「このビー玉は、おまえが持ってきたもんやからな。湯沢の山のなかに嫁いでも、これがあれば瀬戸内海を忘れんやろ」

四つん這いでビー玉を見つめたまま、榎さんはひとりつぶやいた。その声が、あまりにもおだやかだったので、ボクの胸は温かいものでいっぱいになって、叫びだしたい気持ちになっていた。

榎さんは、立ち上がると、今度は前の方に歩いていき、運転席に座った。懐中電灯をかたわらに置いて、両手でぎゅっとハンドルをにぎった。そして、正面を向いたまま、「はぁ……」と小さなため息をこぼした。

「こんなに早く別れがくるとは思わんかったなぁ……」

目尻から、透明な水滴がつつっと落ちたみたいに見えたけれど、それは雨のしずくかも知れなかった。

どうしてボクには、こんなにも別れがやってくるの？

榎さん……。

凛。

榎さん、ありがとう。

凛。

ボクは榎さんに、気持ちを伝えたかった。

清と与一さんとの別れのときみたいに、一方的にさよならをいわれるのは、たまらなくつらいから。

榎さん……。

凛。

ビー玉が、淡いブルーに光る。

と、そのとき、ボクのとなりからもの静かな澄んだ声が聞こえてきた。

(あの……)消防車だった。(あなたは、たしか、お腹に力を入れると、床板を軋ませることができるんですよね。だったら、やってみたらどうでしょうか?)

ボクは、清と与一さんとの別れのシーンを思い出した。あのときも、やってみたのだ。でも、ちょっと気にしてくれただけで、気持ちはなにも伝わらなかった。しょせんは、ただの『軋み』でしかない。言葉のかわりには、ならない。

(やっても、きっと無駄だよ……)

消防車は少し沈黙したけれど、それは温かい沈黙だった。

（ええ、たしかに無駄かも知れませんけど、でも、やらないよりは、いいかと……）

（おい、消防車のいうとおりだぞ）

日野だった。

（オイラもそう思う。やるだけやってみろよ。どうせダメでも、やらないよりはいい。そうだろ。な……）

スバルが諭すようにいう。

みんな……。

よしっ。

ボクは久しぶりに、気持ちをぐっと集中させた。榎さんが座っている運転席の優しい重みや、ハンドルに伝わる温かさ、ごわごわの皮膚の感触——そういったものを《魂》のなかに取り込んでいく。竹原で朽ち果てていたボクのボンネットにはじめてさわってくれたときの喜びを思い出す。そして、それから今日までの、たくさんの感謝を憶う。

そう、この感じ。

この気持ちを、お腹にぐっとためて。

運転席の榎さんが、おもむろに立ち上がった。

（がんばってください）

(がんばれ！)
(ぜったいにできるよ！)
榎さんは名残惜しげに車内を見回した。
お腹に、力を……。
榎さんが、歩きだした。出口に向かって。
もっと、力を……。
ステップに足を踏みだしてしまった。
榎
さん
本当に
いままで
ありがとうございます。

ミシッ……。

鳴った。床板が。

それから先は、スローモーションだった。

足をとめた榎さん。

おだやかな顔で、ゆっくりと後ろを振り返る。

目尻にシワがよっていき、静かに、笑みが咲いた。

そしてボクの座席の背もたれをポンポンと叩きながら、こういったのだ。

「なんやおまえ。そんな悲しい声だすな。一生の別れやあるまいし、またそのうち逢えるって」

ミシッ……。

「うん。おおきにな。おまえはわしの誇りやって。どこに出しても恥ずかしくないバスやもん。せやから心配するな。湯沢の人ら、ええ感じの人たちやったしな。能宗さんも、それがわかったからこそ、おまえをゆずってもええいうたんやで。それに——、嫁にいくんやったら、いつかは里帰りもあるやろ」

榎さんは、そこでいったん小さな笑みを浮かべ、もういちど車内をゆっくりと見渡した。

そして、

「ほな、またな」

といって、ボクのなかから降りていった。

懐中電灯をビニール袋にしまい、小雨のなかを歩きだす。

月も星もない夜なのに、顔を上向き加減にして、ゆっくり、ゆっくりと、坂をのぼっていく。その姿はまるで、真夏の夜の雨にうたれるのを愉しんでいるみたいだった。

もっともっと雨よ降れ――夜空にそう願っているようにも見えた。

ボクは、小さくなっていく白い背中が雨にかすんで見えなくなるまでずっと見守っていた。

そして坂道は、いつの間にか小雨に煙るだけの淡い闇にもどっていた。

ボクは、静かにため息をついた。それは安堵とも寂寥とも少し違う、とらえどころのないため息だった。

(よかった、ですね)

消防車もまた、榎さんの後ろ姿が消えた坂の上の方を見つめていた。一緒に、見送ってくれていたのだろう。

(うん……)

ボクはまだ、胸のなかがからっぽで、しかも、からっぽなのに、なにかがどんどんあふれ出してきて、言葉がうまくつむげなかった。でも——。

(さすがオイラの見込んだバスだ。やるときはやるな)

スバルのセリフに、ちょっとだけ笑うことができた。こいつはいつもボクの気持ちを上手にリラックスさせてくれる。

(大三島の楠さんたちのいうとおりになったじゃないか)

日野だった。彼はいつもいいことをいう。

(うん……)

本当だね。奇跡は、二度起きたよ。

そしてボクは消防車に気持ちを向けた。でも、なにから伝えていいかわからなくて、ちょっと困ってしまった。

凛。

ビー玉が光る。

その光に背中を押されたみたいに、まっすぐな言葉がすべり出した。

(きみと、友達になれて……よかった)

消防車は、はにかむような気配を漂わせて、黙っていた。

すると、スバルがいつもの陽気な声をあげた。

(よし、オイラも友達になーろーっと)

(うん、オレもだ。よろしくな)

日野も、スバルの調子に合わせる。

(調子のいい連中だなぁ)と、ボク。

優しい雨にうたれながら、はじめて四台そろってくすくすと笑った。

笑いながら、消防車は、これまでずっと鎧《よろい》のようにまとっていた闇色の緊張感をじわじわと溶かしていった。

風が少し吹いて、雨脚が強まった。ボクらは心地よい夏の夜のシャワーに身も心も洗われていた。音もないし、光もないけれど、四台の《魂》がつながっている感触は、たしかにあった。

そしてこのとき、ボクの胸のなかに、しっかりとした『別れの準備』ができたような気がしていた。

(遠くにいっても、いつか必ずきみたち三台に逢いにくるから)

ボクは『必ず』というところにアクセントをおいた。もう『三台』という部分にアクセントをおく必要はないのだ。

翌朝になると、雨はすっかりあがっていた。

六時を過ぎるころにはもう、出発セレモニーの準備のために、博物館の関係者や湯沢の人たちが集まってきた。

ボクの右サイドのボディには、長い横断幕が貼られた。緑地に白と黄色い文字で、こんなことが書かれていた。

瀬戸の福山市から雪国越後湯沢へ
ボンネットバスのお嫁入り
2府8県880キロをかける愛の走行
8月18日～20日

これで走ったら、さぞかし目立つだろう。

博物館の前には赤絨毯《じゅうたん》が敷かれ、やがて湯沢町長も登場した。七時前になると新聞やテレビなどのマスコミもどっと押し寄せてきた。たくさんのカメラがボクに向けられる。

(ヘイへイ、ずいぶん派手にやるなあ)

スバルがちゃかしたけれど、ボクもかなりびっくりしていた。こんなに朝早くから何十人もの人たちが集まってくれるとは思いもよらなかったのだ。

七時になると、ボクは駐車場から出され、博物館の前に停められた。そして、いよいよセレモニーがはじまった。

まずは町長さんの祝辞があり、続いて能宗館長の挨拶があった。

でも、ボクの心は、セレモニーにはなかった。じつは、さっきからずっと榎さんの姿を探していたのだ。もしかして、昨夜、雨のなか、ビー玉を返しにきてくれたことが、榎さん流のお別れだったのかも知れない——そんな淋しい思いと、いや絶対にどこかにいてくれるはずだ、という確信のあいだを揺れながら、ボクはきょろきょろしていたのだった。

すると——。

(あ、いましたよ。ほら、あそこに)

駐車場から消防車の声が聞こえた。落ち着かないボクの気持ちを察して、一緒に探してくれていたのだった。

榎さんは、群衆のいちばん後ろに、ひとりでぽつんと立っていた。そして、人々の頭と頭の隙間からボクの方を見つめていた。

榎さん……。

凛。

ビー玉が光ると、榎さんがちょっと微笑んだように見えた。

その表情を見たら、ボクはなんだかホッとして、落ち着きをとりもどした。

そしてセレモニーは大詰めを迎えた。ボクの鼻先に敷かれた赤絨毯のうえに紅白のテープが引かれたのだ。どうやら本格的なテープカットが行われるようだった。

◇　◇　◇

「じゃあ、専務も一緒にお願いします」

博物館の学芸員である宮本さんが、ニコニコしながら高井専務にハサミを差し出した。

「え、わ、私もやるんですか？」

しどろもどろの専務。

「もちろんです。森下企業さんの代表ですから」

つまり、湯沢町長と能宗館長と一緒に、テープカットをするよう頼まれたのだ。

専務は呆然とした顔のまま、ハサミを受け取った。そして宮本さんがいなくなると、おもむろにそのハサミをこちらに向かって差し出したのである。

「た、高橋、おまえ代わりにやってくれ」

「ええ？　そんなの嫌だよ」

「だって、オレはTシャツに短パンにサンダル姿なんだぞ。町長と館長はびしっとスーツを着てるじゃないか。あれと並んだら恰好悪すぎるだろう。マスコミもあんなにきてるし」

「専務、それ、Tシャツじゃなくて、下着だって」

「ばかっ、冗談いってる場合じゃねえだろ。しかも、テープカットをオレがやるなんて聞いてねえぞ。だから企画者のおまえが代わりにやってくれ」

テープカットは私の企画ではなかった。湯沢町長がくると聞いて、博物館の方で気を利かせて段取りをしてくれたのである。

「嫌だよ。オレだっておなじ下着なんだから。せめてTシャツだったら代わってあげられたのに。残念です、専務」

「………………」

いよいよテープカットの準備が整った。無数のマスコミのカメラが赤絨毯の方に向けられた。

宮本さんが、遠くで手招きをして「高井専務、早く！」と呼びかけた。

「さあ、専務。うちの会社を代表して、恰好いいところを見せてください」

私は笑いながら専務の背中をトンと押した。その背中は少し汗で濡れていた。冷や汗かも知れない。

右手にはハサミ、左手では後頭部をぽりぽり掻きながら、専務はひとり海水浴にでも行くみたいな恰好のまま、マスコミのカメラに囲まれた赤絨毯の上へと歩きだした。

この男、本当にやる気だ。

出発セレモニーが終わると、私と専務は参加者全員に声をかけて、バスの写真がお腹にプリントされた下着を配ってまわった。

全員に配り終えて、「キャラバン中は、みなさんこれを着ていてください」と、私が大声を出したとき、学芸員の宮本さんが「あの……」と挙手をして、するどい質問を投げかけてきた。

「二泊三日の夏のキャラバンですけど、ずっとこれ一枚で過ごすのはどうかと思うのですが……？」

「あ、あうぅ」

私と専務は、蒼白になった顔を見合わせてしまった。そういえば、そこまでは考えていなかったのだ。

なんかいえ、高橋――。せ、専務こそ――。と小声でやりとりしていたが、宮本さんはなぜか私の方をじっと見つめていたので、その視線に負けて、私はついこんなことをいってしまったのである。

「ええと、お手数ですが、宿泊するホテルに着きましたら各自で洗濯をして、翌朝までに乾かしておいて、また着てください」

重い沈黙がおりてきた。

めんどくせぇ……。

キャラバン隊全員の心の声が聞こえてくるようだった。

私の背中にも、冷や汗が吹き出した。

しかし、気まずさの臨界点を超える直前、専務が《助け舟》を出してくれたのだった。

「このプリント、落ちやすいらしいんで、洗うときはあんまりきれいに洗わないでください」

見事なまでの《泥舟》だった。

一同に爆笑が起こり、厳粛だったセレモニーの余韻が、一気にお笑いムードになってしまった。『おまえら、漫才でもやれば?』と揶揄《やゆ》した関君のセリフが、私の脳裏にちらついたことはいうまでもない。

◇　◇　◇

ついに出発のときがきてしまった。

これから湯沢に到着するまで、二泊三日の旅だ。キャラバン隊の人たちのなかから、高井専務、高橋部長、能宗館長、宮本さん、マスコミの人たち、その他数名がボクのなかに乗り込んだ。みんな思い思いの座席に腰掛けている。

残りの十数名は追走するマイクロバスに乗り、セルフローダ車にも運転手がひとり乗り込んだ。湯沢町長は新幹線で帰るらしく、セレモニーの参加者と一緒にその場に残っていた。

能宗館長のすすめでボクの運転席に座ったのは、湯沢からきた高井専務だった。専務は「いやぁ、私が最初でいいんですかね?」と、くったくのないえびす顔で笑うと、ボクをとてもいとおしそうに眺めてからエンジンをかけた。中央ヂーゼルの山岡さんが手がけてくれたエンジン、DA一二〇は、元気に拍動を開始した。

周囲から拍手がわき起こった。

そのとき——。

(おーい、こらっ。オイラたちのこと絶対に忘れるなよ。こんちくしょう、愛してるぜ!)

少し離れた駐車場からスバルの叫び声が聞こえてきた。ボクのエンジン音を聞きつけて、最後のメッセージをくれたに違いなかった。

(短いあいだだったけど、おまえがきてくれて、本当によかった。湯沢でも、かわいがってもらうんだぞ。それでもって、いつかは……)

いつも、でんと落ち着いているはずの日野の声が、情けないくらいにうわずっていた。しかも、最後の言葉をいえなくなるまでに感情が昂《たかぶ》っている。彼の気持ちが、ボクのなかにじんじんと響いてきた。ボクの胸は押しつぶされそうになって、一気に熱をはらんでいく。大三島での別れのシーンがよぎった。

(離れていても……、どうか……友達で、いてください……)

消防車はもう、完全に泣きだしているみたいだった。

みんな……。みんな……。

凜。

ボクは、言葉を失っていた。車体全体が悲しみの塊になってしまったみたいで、苦しくて、熱くて、いまにもすべての部品がバラバラになりそうなくらいだった。

専務が、プップップー、っと高らかに三度クラクションを鳴らした。出発の合図だ。クラッチを踏み込み、ギアを入れ、ゆっくりとアクセルを踏み込んでいく。

車体が動きはじめた。

いま、いわなきゃ！

ボクはありったけの声量で叫んだ。

（絶対に、絶対に、絶対に、三度目の奇跡を起こして、ボクは帰ってくるよ。みんな本当に大好きだよ。ありがとう！）

車体がじわじわと加速していく。遠くから、彼らの声が追いすがってくる。オイラも大好きだ。気をつけてな。おまえ最高の友達だ。忘れないぞ。絶対帰ってこいよ。ありがとうございます……。

涙を流す器官がボクにはないけれど、でもボクは心を震わせて思いきり泣いていた。そして、坂を下りきったところで、それが一気に嗚咽《おえつ》に変わったのだった。

だって、そこには、いつもの白いつなぎを着た榎さんが、ぽつんとひとりで立っていて、ボクのことを待っていてくれたのだから。

歩道のうえ、微笑をたたえた榎さんが、どんどん近づいてくる。そして、手が届きそうになるくらいにまで近づいたとき――榎さんはふいに白い頭を深々とさげた。『こいつを、どうかよろしくお願いします』そういっているみたいだった。高井専務は右手をあげてうなずき、それに応えてくれた。

あっという間にボクは榎さんの前を通り過ぎてしまった。

バックミラーに映った榎さん――通り過ぎたあともずっと頭をさげたままだった。

榎さん……泣いているの？

凛。

ビー玉が光って、それに反応したようにバックミラーのなかで小さくなっていく榎さんがゆっくりと頭をあげた。そして、こっちに向かって右手を振ろうとしたところで——。

ボクは交差点を曲がってしまったのだ。

福山が、一気に過去になっていく気がした。

ボクはしばらくのあいだ、嗚咽を止められなかった。

心の準備は、昨夜できていたはずなのに。

福山東インターから山陽自動車道に乗っても、ボクはまだ、さめざめと泣き続けていた。気持ちが博物館の方に向いていて、バックミラーばかりを見ていた。それでも、高井専務がグイッとアクセルを踏み込めば、身体は勝手に加速をはじめるし、そうすれば、なんとか二十一世紀の車たちの流れにのって走ることができるのだった。

高速道路を走るのは、はじめてのことだったけれど、榎さんと山岡さんの手がけてくれた車だから、ボクはまったく心配はしていなかった。むしろ、故障するほど思いきり全力疾走をして、気持ちをからっぽにしたいとすら思っていた。

山間をうねるようにして延びる山陽道は、トンネルが多く、大型トラックがたくさん走っていた。景色がどんどん後方へ飛んでいき、その分、福山が遠くなっていく。

でも、単調な緑色の風景のなかをしばらく走っているうちに、ボクは徐々に落ち着きをとりもどしていった。そして、いつのまにか悲しみの感情が虚無感のようなものにすり替わっていることに気がついた。

ボクは思った。モノとは、自分の生き方を自分で決めることができない物体のことだ。だったら、モノが幸福になるには、どうすればいいんだろう？　ただ、偶然を待つだけ？

自分の思うとおりに生きられる人間をうらやましく思った。やりたいことを自分で見つける自由と、それをやる自由の両方が与えられているなんて——。

やがて中国自動車道、名神高速を抜け、琵琶湖の東岸に沿って北上しながら、北陸自動車道へと走っていった。サービスエリアごとに休憩をとる、とてもゆっくりペースの旅だった。そして、休憩をとるたびに、ボクのまわりには人が集まってきた。

「なつかしいバスやねえ」

そういって、みんな笑顔を向けてくれる。キャラバン隊のメンバーは、集まってくる人たちに「どうぞどうぞ乗ってみてください」といって、ボクを開放した。高井専務と高橋部長は、せっせと湯沢町の観光パンフレットを配っている。

なんだか、みんなすごく愉しそうだった。

落ち込んでいるのは、いちばん笑顔をもらっているはずのボクだけみたいだ。

この日は、空がオレンジ色になるまで走って、石川県の小松インターで高速を降りた。そして市内のホテルに着くと、キャラバン初日の行程を終えた。


翌日は、ボクのビー玉みたいに、空全体が真っ青に光るような快晴だった。空の色ひとつで、鬱々《うつうつ》としていた気分も少しは晴れた。

今日、最初の運転手は、森下春信《もりしたはるのぶ》さんという年配の人だった。この人は昔、榎さんのように仕事でボンネットバスを運転していたそうで、運転席に座るなり、当時のハンドルの感触を思い出そうとするような手つきでなでさすって、「この歳になって、またこういうバスを運転できるなんて」と目を細めた。

エンジンは今日も快調だった。

最初に向かったのは、宿からほど近いところにある、石川県小松市の『日本自動車博物館』だった。ここに表敬訪問というかたちで立ち寄るらしい。

この博物館には、野球ができそうなくらいの駐車場があった。しかも驚いたことに、そのど真ん中に、ボクによく似た白いボンネットバスが停めてあったのだ。

「おお、あれは一九六八年に作られたいすゞＢＸＤ三〇だよ。この博物館もがんばっていてな、いまでもアレを年に何度か走らせているらしいんだ」と、高井専務が満面の笑顔をつくり、となりの高橋部長に「つくづくマニアだね」と笑われていた。

広大な駐車場に、ボクとBXD三〇がぴったり並べて停められた。博物館にやってきた人たちは、館内に入る前に、まずボクたちのところで足を止めて、さわったり乗ったりするものだから、あっというまに人だかりができてしまった。

ここでもボクは、たくさんの人たちから笑顔を向けられた。

約二時間後――、記念撮影をして、キャラバン隊は出発することになった。今度は能宗館長がハンドルをにぎり、エンジンをかけた。

そして、まさに走りだそうとした刹那、背後からかすかに《声》が聞こえた気がしたのだった。

ボクは、ハッとしてBXD三〇に意識を集中した。

まさか……。

(きみは、いいな。しょっちゅう、動けて、いいな)

たしかに、そういったのだ。

驚いた。この博物館にも小さな奇跡が起きているのだった。福山以外で車の《声》を聞いたのは、彼がはじめてだ。でも、彼のなかの《魂》はボクよりはまだ薄弱で、走り去っていくボクが、別れの挨拶をしても、返事は届かなかった。

ボクはBXD三〇がくれた言葉の意味をぼんやりと考えながら、北陸自動車道に乗った。

この高速道路は見晴らしがよかった。

遠く左手に横たわる松林のさらに向こうには、濃紺色のゼリーみたいにぺったりと凪いだ日本海が見渡せた。久しぶりに目にする爽快な海のブルーだった。しかもこの海は、大三島とは違って水平線を見渡すことができた。

ひたすらだだっぴろい海と空――眺めていると、ボクの《魂》まで広がっていくような気がした。

呉羽《くれは》パーキングを過ぎたあたりで、突如として正面に群青《ぐんじょう》色をした連峰がそそり立った。能宗館長が「立山《たてやま》連峰じゃのう」と大きな声を出し、シートに座っていたみんなが「おおぉ」と感嘆する。その山並みはまるで大地の津波だった。凛々《りり》しくて、猛烈な底力を感じさせる威容《いよう》が風景のなかで際立っていた。ボクはしばらくその連峰に向かって走り続けた。

(きみは、いいな。しょっちゅう、動けて、いいな)

さっきの博物館のBXD三〇は、この海と山々を見たことがあるのだろうか。もしも、ないとしたら、これから先は見られるのだろうか……。そんなことを思うと、この瞬間、素敵な人たちに動かしてもらっている自分が、ほんのちょっぴりだけど幸福に思えてきた。

午後になっても空は青一色だった。

水平線の向こうには、かつて清と一緒に眺めたことのあるような、エッジがキラキラ光る入道雲がわき立っていた。

ハンドルをにぎる能宗館長は、親不知《おやしらず》インターで高速を降り、しばらく山側へと向かってボクを走らせた。

次の表敬訪問先は、『電気化学工業』という会社だった。その会社の広大な敷地には、石灰石を採るための鉱山がそびえ立っていて、ボクはそのふもとの空き地で停められた。

セミの叫び声が土砂降りみたいに空から降ってくる。すぐそばには澄明《ちょうめい》な川が流れていた。ボクは大三島の夏を憶う。

しばらくすると、山のうえの方から緑と水色のツートンカラーのボンネットバス、いすゞＴＳＤ四〇が、ガタゴトと悪路を踏みしめながら降りてきた。そして、彼にもやはり《魂》があったのだった。

ボクらは並んで記念写真を撮ってもらった。

そして、その間、ずっと会話を楽しんでいた。

彼はいまでもバリバリの現役で、毎日、たくさんの鉱山労働者たちを乗せて一二二一メートルもある黒姫山《くろひめやま》を上り下りしているという。四輪駆動だが、車体のあちこちは錆び、凹み、ひどい傷がついていた。それでも、彼の《魂》はとても生き生きとしていた。ボクはそんな彼のボディを見ていたら、ふと、榎さんの手を思い出した。いつも傷だらけで、皮膚もごわごわで、ふしくれだっているけれど、最高の仕事をする働き者の手。魔法の手――。

別れ際、彼はこんなことをいった。

（オレはまだまだ走れるし、走らせてもらえる。山のうえは景色がいいし、空気もうまい。生まれてこのかた、この山から出たことはないけれど、オレはずっと幸せだ）

ボクも、これまでは幸せだったよ――、そういい残して、彼と別れた。

そして二日目のキャラバンは、柿崎《かきざき》インターの近くのホテルまで走って終了した。

「はあ、今日もまた、これを洗濯しなくちゃいけねえのか」

ホテルに到着するやいなや、高井専務が着ていたシャツの胸のあたりをつまみながらぼやいたので、キャラバン隊のみんなはくすくすと笑っていた。

三日目もまた、突き抜けるようないい天気だった。

北陸自動車道に乗って最初に停まったのは、米山《よねやま》サービスエリアだった。たまたま観光バスのとなりに停車したこともあって、ボクの周囲にはすぐに人だかりができた。今日は金曜日――観光バスに乗っていたのは、ほとんどがリタイア後の老人たちだった。

高井専務と高橋部長は、「このなつかしいバスが湯沢にくるんですよ」といいながら観光パンフをせっせと配ってまわっている。よく笑って、よく働く、いいコンビだ。

老人たちのなかに、ひとりだけ車椅子のおばあさんがいた。介護の女性につきそわれていて、ぽつぽつと会話を交わしてはいたけれど、でも、魂を半分抜かれているみたいな、どこかぼんやりとした感じの表情をしていた。目に、生きる気力がほとんど宿っていないのだ。

ボクには、その気持ちが痛いほどわかった。自分の思いどおりに動けない人生――おばあさんはまさに、ボクとおなじ未来を歩もうとしているのだから。

わかるよ、わかる。

ボクは、おばあさんを見つめながら、共感と、同情の気持ちを向けていた。

ところが、そんなボクの鬱々とした感傷を、まるごと吹き飛ばすような発言をした人がいたのだ。能宗館長だった。

「おばあちゃん、ラッキーな人じゃのう！」

いきなり車椅子の前にしゃがみ込んで、能宗館長はおばあさんのしわしわの手をにぎった。「昔はよう乗っとったじゃろ、こんなバスに。わしがいま乗せちゃるけ、当時んこと、思い出して楽しんでください」

おばあさんは、突然のことに目を丸くしていたし、介護の女性も不安そうな顔をしていたけれど、「心配いらんて。のう、おばあちゃん、乗りたいじゃろ?」と能宗館長は笑いかけた。

その笑顔につられてか、おばあさんの無気力だった顔に、ふっと明るい笑みが咲いたみたいだった。

「おぉ、それなら私もお手伝いしますよ」

そばにいた高井専務は、パンフレットの束を高橋部長にどさっとわたして、おばあさんのとなりに立った。

そして、能宗館長と高井専務に支えられるようにして、おばあさんは車椅子から立ち上がって、ボクのステップへと足をかけたのだった。

一段一段、交互に足を出して、のぼっていく。

ついさっきまで車椅子に座っていたとは思えないほど、その脚には力強さがあった。三人の重みを感じられるボクにはわかっていた——おばあさんはこのとき、ほとんど自力で立っていたのだ。しかも、座席に座ったとたん、背筋をしゃんと伸ばして持ち手にしっかりとつかまり、ボクのなかをとてもなつかしそうな顔できょろきょろと眺めまわしたのだった。

「ほんなら、おばあちゃん。ちょっとのあいだひとりにしちゃるけん、じっくりと思い出にひたってください」

能宗館長と高井専務は、外に出た。

介護の女性は、おばあさんの表情の変貌ぶりに唖然とした顔をしていた。

「母が、あんなにうれしそうな顔をしたのも、自発的になにかをしようとしたのも、本当に久しぶりのことです。どうもありがとうございます」

そういって、丁寧に頭をさげた。

能宗館長は、うんうん、とうなずいた。

そして、おだやかに諭すような口調でこういった。

「こういうバスにはのう、人を笑顔にしたり元気にしたりするエネルギーが宿ってますけん。そういう大切な価値に気づかないまま、ただ古いモノだからっちゅう理由で物置にしまい込んだり、捨ててしまったりするのはもったいないじゃろう。ほら、あのおばあちゃんの顔を見てみなさい」

娘さんは、窓の外から、おばあさんのしわしわだけどキラキラした笑顔を見つめた。

「ホント、幸せそうですねぇ……」

つぶやいて、微笑み、そっと鼻の下に指をあてた。両目に、たっぷりの涙がたまっていた。

大切な価値に、気づかないまま——。

能宗館長のセリフが、ボクのなかにも突き刺さっていた。そして、それが刺激になって、ふたつのヘッドライトからウロコがぽろりぽろりと落ちた気がした。

運転手をどんどん替えながら、ボクは関越自動車道に入った。ゴールの湯沢町まであと少し。

そのまましばらく走って小出《こいで》インターで高速を降りた。緑の山のなかをうねりながら延びる国道十七号線をゆっくりと走る。道路に沿って滔々《とうとう》と流れる清流は、まるで水面下に無数の宝石を抱え込んでいるのではないかと思わせるほど、午後の陽射しをキラリ、キラリ、とまぶしく照り返していた。

もう、ボクの大好きな海からはうんと遠ざかってしまったけれど、かわりに清々しい山の空気が味わえる。福山からはもっと離れてしまったけれど、新たに湯沢を楽しめばいいさ。

そう。ボクはついさっき、気づいてしまったのだ。

モノとして幸福に生きていく方法を。

たしかにボクは自由に『動く』ことはできないけれど、自由に『思う』ことも『感じる』こともできる。それは唯一無二の現実であって、だれのせいでもない。

だったら――。

その現実をまるごと受け入れて、その先に見つけられる大切な価値に〝気づき〟ながら生きていけばいい。日常にある小さな幸せにひとつでも多く〝気づき〟ながら日々の幸福をかみしめていればいいのだ。そして、それだけが、ボクがモノとして幸福に生きるための、たったひとつの術《すべ》なのだと思った。

たとえば、いま、ボクのなかで、えびす顔の高井専務がこんなことをいった。

「館長さん、さっきはいいものを見させてもらいました。私らも、あの精神でもって、このバスを大切に走らせます」

ボクは、こういう素敵な人たちにもらわれるという幸運に〝気づいて〟その幸せを堪能すればいいのではないか。そして、それが常にできてさえいれば、ボクはずっと『幸福なモノ』でいられるに違いない。

「ありがとうございます、専務。バスは走らせてなんぼじゃけ、どんどん乗ってやってください。で、もしもこのバスがこわれたら、それはうちの責任ですけ。いつでも博物館でしっかりと元どおりに直しますけん、安心してください」

これからボクは湯沢という高原の町で元気に走らせてもらえる。しかも、万一こわれてしまっても、大好きな福山のみんなに逢いにいける！

やっぱりボクは、幸福なバスだ。

いや、そもそも、だれかに愛されて幸福だったからこそ《魂》が生じたのだった。

そう、ボクはみんなに愛されている。

生きていることそのものが、その証拠じゃないか。

「みなさん、長旅、本当にお疲れさまでした。いよいよゴールの湯沢町役場に到着します」

両手をメガホンみたいにして、高橋部長が車内アナウンスをした。このキャラバンを企画し、案内役をつとめてくれた人だけに、なんだかとてもホッとしたような顔をしている。

すぐに湯沢町役場が見えてきた。

真夏の陽光がふりそそぐ町役場の駐車場。

そこには——手作りのくす玉が用意されていた。

ほらね。愛されている。

そう、ボクはいま、世界のどのバスよりも幸せに生きている。

凛。

第五章　山古志《やまこし》（二）

家の外に避難してからは、ずっと三菱デリカのなかでカーラジオのニュースを聴いていた。でも、聞こえてくるのは長岡《ながおか》市内の情報ばかりで、山古志の情報は少しも入ってこなかった。

助手席に座っていた六年生のお兄ちゃんの裕也が、オーディオ装置に手を伸ばしてNHKから局を変えようとしたら、運転席に座ったお母さんは「だめっ」といって、その手をおさえた。お母さんは、怒っているわけではないけれど、かなり気持ちが昂っているみたいで、緊張したような、ちょっと怖い顔をしていた。昔、お兄ちゃんがいきなり四十度の熱を夜中に出して、救急病院に連れていかれたときも、お母さんはいまとおなじ顔をしていた。

お母さんのこの顔を見ると、僕はなぜか無性に胸がどきどきしてくる。ちょっと息苦しいような気がして、後部座席の窓を少し開け、外に目を向けた。

窓の外は真っ暗だった。

でも、夜空には、よく熟したみかんのひと房みたいな赤い月がにじむように浮かんでいて、その湿っぽい月明かりが、遠い山並みをうっすらと照らし出していた。ラジオの音声にまじって、外のざわめきが車内にしのび込んでくる。村はいま、ひどいパニックになっているのかも知れない。

デリカに乗ってからも、余震は何度もあった。そのたびに車高の高いこの車はグラグラと大きく揺さぶられた。たまに、ゴゴゴゴ、という猛烈な地鳴りが轟《とどろ》くと、僕ら三人は声も出せないまま、ぐっと身体を固くしていた。余震が強いときは、うちの玄関の前に生えている大きなイチョウの樹が根元からしなるように揺れた。それはまるで襲いかかってくる巨大な黒いお化けみたいで、ちょっと怖かったけれど、僕はなぜかその樹から目を離せなかった。

家の庭へと続くコンクリートの階段を見ると、タテに黒々とした亀裂が入っていた。こんなに硬いものが左右まっぷたつに割れてしまうなんて……。

きっと最初の地震で割れたのだろう。

あれは、もう、凄まじいなんてもんじゃなかった。

あのとき――。

僕はテーブルに頬杖をついていて、お兄ちゃんはお父さん用のマッサージ機に座って、ふたりでテレビのアニメ番組を観ていたのだった。お母さんは台所で夕飯の仕度をしていた。本当にいつもとまったく変わらない、普通の夕方だった。

でも、ゴゴゴゴゴっていう雷みたいな音が遠くで聞こえたな――と思ったとたん、ドッカン！　と地面が破裂したみたいに突き上げてきて、電気が消え、まわりは真っ暗になり、僕の身体はふわりと宙に浮いていたのだった。

その直後からは、もう何がなんだかわからないくらいに揺れまくった。すぐに台所から「裕也！　達也！」っていうお母さんの声が聞こえたけれど、それに応える余裕なんてなかった。とにかく僕は、椅子から転げ落ちそうになりながらも、なんとかテーブルの下にもぐり込んだ。揺れはあまりにも激しくて、四つんばいになっているのに、倒れてしまいそうだった。

「オ、オレは大丈夫！」

揺れ動く暗闇のなかからお兄ちゃんの声が聞こえた。そして僕も、その声につられて「オレも大丈夫！」と叫んだ。

揺れはなかなか収まらなかった。真っ暗な家のあちこちから、ドッカン、ドッカン、ガチャン、ガチャン、ドサッ、ドサッ、という、物が倒れたり、こわれたり、落下したりする音が聞こえてきた。バリンッというガラスの割れる嫌な音もした。暗くて何も見えなかったけれど、家のなかがめちゃくちゃになっていることぐらい予想はついた。そして、じわじわと揺れが収まってきたとき、闇のなかからふたたびお母さんの悲鳴みたいな叫び声が聞こえてきたのだった。

「ふたりとも、はやく外に出なさい！」

僕は物が散乱してグチャグチャになっている真っ暗な足もとに注意しながら、それでも急いで玄関から飛び出した。

外に出ると、イチョウの樹のしたにお兄ちゃんがいて、そこまで走った。

「お母さんは？」僕が訊いた。

「まだ、きてない」とお兄ちゃん。

それから何秒くらい待っただろう。僕はお母さんがものすごく心配になって、思わず玄関の方へ歩きだそうとした。

「まて。達也はここにいろ」

お兄ちゃんは左手で僕を制して、代わりに歩きだした。

こんな事態でひとりきりになるのは絶対に嫌だったから、こっそりとお兄ちゃんの背中についていこうとした。

そのとき――真っ暗な玄関のなかからお母さんが小走りに出てきた。両手になにかをぶら下げている。僕たちの靴だった。

お母さんは靴下しかはいていなかった僕らに急いで靴をはかせると、周囲をきょろきょろと見回して、家が倒壊しても大丈夫そうな、イチョウの樹のさらに後ろにまで移動させた。

「あんたたち、怪我《けが》は？」

大丈夫だとふたりで応えた。

「お母さんは？」と僕。

「うん、大丈夫。……はぁ、それにしても、びっくりしたね」

と、そのとき、ふたたび大地がうなり声をあげた。猛烈な余震がきたのだった。僕の家がバキバキと音をたてて揺れた。三人で地面にしゃがみ込んで両手をつき、転倒しないようにしていた。

余震が静まると、お母さんがいった。

「ふたりとも、ここにいなさい。動いちゃだめ。いま車を持ってくるから」

有無をいわせない口調だった。僕とお兄ちゃんは黙ってその場に突っ立っていた。すぐにお母さんは家のとなりの駐車場から車を出してきて、僕らを乗せた。そして、カーラジオで情報を集めはじめたのだった。

あれから、何回くらい余震があっただろう。

そして何回くらい、地響きが闇のなかを轟いただろう。

デリカのなかから、僕はもう一度、赤くて不気味な月を見上げた。車内にはあいかわらず落ち着いた声のアナウンサーが、長岡で大地震があったことを繰り返し伝えていた。

お父さんは、無事なのかな——僕はさっきから思っていたけれど口にはしなかった。お母さんも、お兄ちゃんも、そのことには、あえてふれないでいるみたいだった。きっと、口に出してしまったら、その瞬間から、三人は不安でどうしようもなくなってしまうということを、みんな、なんとなく感づいていたのだと思う。

また、小さな余震があった。

僕はイチョウの樹を見上げる。

と、そのとき、お兄ちゃんが前を指差して大声を出した。

「あっ、お父さんだ！」

僕も、お母さんも、はじかれたように前を見た。

車で仕事に出かけたはずのお父さんが、歩いてこっちに向かっていた。長靴をはいて、リュックを背負っている。デリカに気づくと、お父さんは駆けだした。

ここまでくると、すぐに車の窓におでこをくっつけるみたいにして、車内の後部座席を確認していた。

僕と目が合った。お父さんは安心した顔をした。

張りつめていたお母さんの表情も一気にゆるんでいた。

僕はなんだか、ものすごく救われた気持ちになって、スライドドアを勢いよく開けて外に飛び出した。

「お父さん！」

と声をあげながら駆け寄っていく。

お父さんは、深いため息をつきながら、僕の坊主頭をぐりぐりとなでてくれた。なでられていたら、いきなり胸の奥の方から、熱くて湿った塊みたいなものがこみ上げてきて、思わず泣きそうになったけれど、下を向いてぐっとこらえた。

お父さんの手は、大きかった。

なんだかんだいって、やっぱりお父さんの存在感てすごいんだなって、よりによってこんなときに素直に思った。

「とりあえず、みんな無事でよかった……」

お父さんはそういうと、僕を連れてデリカのなかに入り、しばらくはお母さんと情報を交換し合っていた。

お父さんの話を聞いていたら、この地震のすごさがよくわかった。あちこちの養鯉池が崩壊して、山の斜面が崩れ、建物もかなり崩れているらしい。道路もめちゃくちゃで、車が走れないところもあるようだった。

「とにかくオレはいまから急いで消防団の仕事に行くけど、みんなはこの車のなかから動くな。いいな」

お父さんは村の消防団のひとりだった。消防士というわけではなくて、緊急時にだけかり出される臨時の団員なのだ。

「なにかあったら、すぐに帰ってくるから」

そういい残して、お父さんはスライドドアを勢いよく開けた。

すると――。

「ぶんちゃん！」

ドアのすぐ前に、幼なじみの同級生がいて、僕は思わず叫んでいた。

ぶんちゃんの後ろには、彼のお父さんの重吉《しげよし》おじさんが立っていた。重吉おじさんと僕のお父さんは同い年で、やっぱり幼なじみの元同級生。いわゆる親友同士だった。

「しげちゃん、どうした？　そっちは大丈夫だったんか？」

デリカから片足だけ降りかけていたお父さんは、そのままの姿勢でおじさんに向かって訊いた。

「い、家が、土砂でやられちまった……」

緊迫したおじさんの声に、お父さんは一瞬だけ言葉を失ったけれど、すぐに「そうか」とうなずき、ぶんちゃんの頭をぐりぐりとなでながら、こういった。

「とにかく、ぶんちゃんをこの車に乗せておけ。オレたちは消防に急ごう。話は道すがら聞くから」

「ああ……」

おじさんは僕から見ても、ひどく動揺していた。それでも、「さあ、文吉、なかに入れてもらえ。お父さんたちはちょっと上の方に行ってくる」と、ぶんちゃんの背中をそっと車のなかへ押しやった。

ぶんちゃんと目が合った。テストでひどい点をとったときみたいな困りきった顔をして、そのまま黙って車のなかに入ってきた。

すぐにスライドドアが外から閉められ、ふたりのお父さんは坂の上の方へと足早に消えた。

「ぶんちゃん、心配しなくても大丈夫よ」

運転席のお母さんが後ろをふりむいて、哀しいような笑顔でそういった。「オレたちと一緒だから」と、ふたつ上のお兄ちゃんもこっちをふりむいて笑ってくれた。ぶんちゃんは、こわばった作り笑いで「うん」と小声でいって、短いため息をついた。

また、車が揺れた。ちょっと強めの余震だった。

車内に緊張が走って、しばらくは会話が途切れた。

でも、カーラジオから流れるアナウンサーの冷静な声だけは、どこか場違いな雰囲気をまといながらも、僕らを囲った鉄の箱のなかをふわふわと漂い続けていた。

ぶんちゃんの名前は、野田文吉という。

名前の読み方は、ぶんきち、じゃなくて、ふみよし。

でも、ずっと昔からあだ名はぶんちゃんだった。だれがつけたのかはわからないけれど、集落の人たちはみんなそう呼んでいる。

ぶんちゃんと僕は幼なじみで……。

いや、幼なじみなんていう言葉ではいい表せないくらいに親しい間柄だ。はっきりいって家族同然。ほぼ兄弟。そういった方がしっくりくる。

じつは、ぶんちゃんの家には、昔からお母さんがいなかった。僕が物心つくころにはすでにいなかったから、ぶんちゃんのなかにも、お母さんの面影はないはずだ。

だから、彼が一年でいちばん嫌いな日は、ずっと『母の日』だったし、学校の父兄参観日が近づくと、なんとなく肩のあたりから元気がなくなって、少し小さく見えることが多かった。本当は僕よりも五センチも背が高いのに。

僕らのお父さん同士は古くからの大親友で、しかも、両家は一〇〇メートルと離れていないところに建っているから、ぶんちゃんとおじさんは日が暮れると必ずうちにきて、まるでひとつの家族みたいにテーブルを囲んで夕飯を一緒に食べている。この習慣もまた、物心つく前からのものだったから、僕らにとってはあたりまえのことだったし、にぎやかで愉しい時間だった。お父さんたちもよく一緒にお酒を飲みながら、お互いの昔話を暴露し合っては、本当に愉快そうに笑っていた。

毎日がそんな風だから、ぶんちゃんが僕の家に泊まることもよくあったし、子供はどちらの家にもそれぞれ勝手にあがり込んで、冷蔵庫のなかのジュースを飲むくらいのことは普通だった。

うちのお父さんとお母さんは、「ぶんちゃんは三人目の息子みたいなもんだ」といって、下手すると僕以上にかわいがっているし、おじさんも、僕ら兄弟を息子のようにかわいがってくれている。お年玉やクリスマスプレゼントをもらうときだって、三人のバランスを親たちが考えたうえで渡されていたくらいだ。たとえば、お年玉なら、お兄ちゃんがちょっとだけ多くて、いつもぶんちゃんと僕は同じ金額と決まっていた。

もちろん、喧嘩もよくしたけれど、それは一緒にいる時間が長いからであって、いつもはとても仲が良かった。学校でも一緒に遊び、放課後もずっとくっついて野山を駆け回っていた。自転車に乗れるようになった時期も一緒だし、ゲームの腕前もほぼ互角。おねしょが治った時期まで一緒くらいだったとお母さんはいっている。違うところといえば――勉強の成績は、僕の方がちょっとだけよくて、運動神経はぶんちゃんに軍配があがっていることだと思う。

ちなみに、ぶんちゃんはクラスをいつも明るくするギャグ大好きのリーダー格で、みんなの人気者だ。そんなぶんちゃんと大親友である僕は、ちょっと誇らしかったりもするし、正直ときどき劣等感を抱くこともある。でも、立ちションの飛ばしっこをやればだいたい僕が勝つから、それでなんとか肩を並べた気でいる。

山古志村は錦鯉発祥の地で、いまでも養鯉業がとても盛んだ。そして、ぶんちゃんのお父さんもまた、錦鯉を育てる仕事をしていた。だから昼間はたいてい山の斜面に造られた養鯉池にいて、せっせと鯉の世話をしていることが多かった。

おじさんが育てている鯉の種類はいろいろあったけれど、紅白、昭和三色《さんしょく》、大正三色、浅黄《あさぎ》、光り無地、秋翠《しゅうすい》が主流だった。なかでも僕は金色一色に輝く光り無地という種類の鯉がいちばん好きで、その次に好きなのは秋翠というドイツ鯉とのハーフ。背中にキリリと一列に並んだ大きなウロコが恰好いいのだ。ぶんちゃんのお気に入りは、白と赤だけの紅白。シンプルさにこそ、錦鯉の模様のよさがあるのだと、だれかの受け売りみたいなことをいっていた。

学校を終えると、僕らはよく、おじさんの池に遊びにいっては、悠然と泳ぐ大きな鯉たちを眺めていた。ときにはエサやりやゴミすくいを手伝ってお小遣いをもらうこともあったけれど、たまに弁当の残りものをエサだといって池にまいて、げんこつをもらったりもした。

――どうしてぶんちゃんにはお母さんがいないの？

一年生のころに一度だけ、僕は台所で夕飯を作っているお母さんに訊いてみたことがある。そうしたら――。

「ぶんちゃんが赤ちゃんのころに病気で死んじゃったのよ。でも、これは内緒。ぶんちゃんにはもちろん、他の人にもそういうことを訊いたりしたらだめよ。ぶんちゃんがかわいそうでしょ」

と、お母さんはちょっと怖い顔をした。

子供が知ってはいけないことなのかも知れない――そのときは、そんな風に思った。そして、それ以来、僕はだれにもぶんちゃんのお母さんのことを訊いていないし、もちろん、ぶんちゃん本人にはその話題すらふらないようにしている。

もうひとつ、つい数ヶ月前のことだけれど、子供が知ってはいけなさそうな場面に出会ったことがあった。それは、ぶんちゃんのお父さんが、僕のお母さんにお金を渡している瞬間だった。

財布のなかから、何枚かのお札をつまみ出して、それをお母さんに渡すとき、おじさんはいつもより少し背中を丸めて小さくなって、叱られた子供みたいに哀しい顔をしていたのだった。そして、受け取ったお母さんもまた、なにか悪いことでもしているみたいな表情を浮かべて「いつもすみません」と謝っていた。ふたりのこんな顔を見たのは、後にも先にも、このときだけだった。

そして、その夜のご飯は、あんまり味がしなかった。

最初の地震から二時間が過ぎていた。それでも相変わらず余震は続いていた。

時折、外のざわめきがすぐ近くで聞こえることもあった。暗闇のなかを通り過ぎていく人影も目にした。デリカのなかでラジオの音声に耳をかたむけるのにもいい加減飽きたころ、消防の車が通りかかって、そのスピーカーからお父さんの声がした。

「みなさん、至急、旧虫亀小学校のグラウンドに避難してください」

デリカのすぐそばまでくると、お父さんは消防車からさっと降りてきて、「デリカでグラウンドまで行っててくれ。オレたちは集落の家のブレーカーを落として、プロパンガスの元栓を閉めてくる」とお母さんにいった。そして今度は僕の方を見て「お父さんは電機屋だからな、虫亀地区のぜんぶの家のブレーカーの場所を知っている。家のなかの見取り図もだいたい頭に入っているから、怪我人がいたら助けられるだろう」そういい残すと、きびすを返して消防車に乗り込み、村の入り口へと続く坂を下っていった。

学校のグラウンドに着くと、びっくりするくらいの人数が集まっていた。虫亀の集落は百三十軒ほどだけれど、どう見ても五百人以上はいるように思えた。

お母さんはデリカをグラウンドのはじっこに停めた。

四人そろって外に出た。すぐにお母さんは知り合いの顔を見つけて情報交換をはじめた。僕らはそれに聞き耳をたてる。どうやら虫亀より奥の集落の人たちは、道路が分断されているせいで、ここで足止めされているらしい。どうりで、こんな人数なわけだ。

グラウンドではパニックこそ起きていなかったけれど、みんなの顔は怖いくらいに緊張していたし、慌ただしい空気が濃密に充満していた。

地区の区長を中心に、消防団の人や各地域の班長たちが、近所の人たちの安否を訊いてまわっている。だれかがいないとなると、若手の大人たちがチームを組んで救助に向かっていた。

僕は、ただきょろきょろとまわりの動向をうかがっているしかなかった。お兄ちゃんは、お母さんと村人たちの会話に入っている。

「月が、赤いな」

となりにいたぶんちゃんが、いきなりそんなことをいった。

「……うん。なんか不気味だね」

ならんで夜空を見上げた。

地上ではこんなに大変なことになっているのに、天空はシーンとしていて、月がいつもより赤いほかは、なにも変わっていない。それがなんだか不思議なことのように感じられた。空だけ見ていたら、いまの状況が嘘なのではないかとすら思えてしまう。

「オレ……、家が、土砂でつぶされちゃったよ」

赤い月を見ながら、ぶんちゃんはひとりごとみたいにいった。なんて応えていいのかわからなくて、ゴクリとつばを飲み込んだ僕に、さらに「うち、明日から、どうなっちゃうんだろう……」と、つぶやきかけて、「はぁ」とからっぽなため息をついた。

本当に、どうなってしまうんだろう……。


ガラスは割れていなかったものの、学校の校舎も体育館も亀裂がいたるところに入っていた。でも、外の気温がぐっと下がってきたこともあって、とりあえずみんなで体育館のなかに入ることになった。万が一、強烈な余震がきて、体育館が崩壊し、死傷者が出てしまったとしても、だれも恨んではいけない――そんな約束事が大人たちのあいだで取り交わされていた。

体育館のなかに入って床に座ると、少しだけホッとした。

地震のすごさのわりには、この地区では怪我人はあまり出なかったようだった。でも、火傷を負った人と、指を切断してしまった人がいて、村のお医者さんが応急処置をしていた。外国人の姿もあった。特産の錦鯉を買い付けにきていた人らしい。

大人たちは、みんなで協力し合って、それぞれの家から持ち出せる食料とプロパンガス、調理器具、布団類や衣類などを必死になって持ち寄ってきた。旅館をやっている人は、大釜を提供してくれた。その大釜を使って、村のお母さんたちが炊き出しをはじめた。ごった煮と、おにぎりが手際よく作られて、みんなにふるまわれた。配給される順番は、ごく自然とできあがっていた。怪我人、病人、老人、子供、女性、そして若い男衆の順番だった。

やがて、グラウンドでは焚き火がはじまり、暖もとれるようになった。焚き火のまわりでは、ラジオのニュースが流されていた。

しばらくすると軽トラックで飲み水が大量に運ばれてきた。養鯉業をやっている人の大きな水槽をきれいに洗い、発電機とポンプで井戸水をくみ上げ、そのなかに溜めたのだった。大人たちの知恵と行動力に、僕は尊敬のまなざしを向けた。

その夜、僕の家族は車のなかで寝ることになった。八人乗りのデリカの後部座席を倒してフラットにし、僕とお兄ちゃんが寝た。運転席にはお父さん、助手席にはお母さん。

ぶんちゃんは、毛布を手にしたおじさんと一緒に、人でごったがえす体育館に入っていった。

お父さんとお母さんは、いつまでもボソボソと小声で何かを話していたけれど、僕はまぶたが急にズシッと重くなってしまって、いつのまにか寝入ってしまった。

大震災の初日は、そうやって終わった。

翌朝、目が覚めたら、外は騒然となっていた。

いや、ただ事ではない騒然とした空気感に、叩き起こされてしまったという方が正しいと思う。

僕とお兄ちゃんは、ほとんど同時に目が覚めて、ふと車の窓から外を見た。そして、絶句した。

僕らの生まれ育った山古志村は、緑の山々にぐるりと囲まれていたはずなのに――なのに……その山々の斜面が茶色くなっていたのだ。あちこちで地滑りが起きて森ごと流れてしまい、土がむき出しになっていたのだった。

愕然とした村人たちは、あわてて自分の家を見にいったのだが、多くの人たちは肩を落としてもどってきた。

僕はデリカのすぐそばで、知人と立ち話をしているお母さんを見つけた。車から降りて、駆け寄った。

「ねえ、お母さん、うちは、大丈夫なの？」

僕の坊主頭にポンと手をおいたお母さんは、崩れてはいないけれど、なかはめちゃくちゃだといった。

「めちゃくちゃって、具体的にどんくらい？」

遅れてやってきたお兄ちゃんが訊ねる。

「さっき、お父さんが見てきてくれたんだけどね、なかはもう、しっちゃかめっちゃかだったって。柱と梁ははずれているし、冷蔵庫も箪笥《たんす》もぜんぶ倒れているし、障子もふすまもまっぷたつに折れてるみたい。壁も落ちてるし、床も割れていたって……」

このとき、僕の頭によぎったのは、子供部屋に置いてあるテレビゲームのことだった。買ってもらったばかりのソフトは、まだほとんど遊んでいなかった。こわれていませんように――。

校門の方から、お父さんを先頭にして、ぶんちゃん親子が並んで歩いてきた。

「な、なんか、あったんかな……？」

お兄ちゃんがいった。僕も、きっとお母さんも、おなじことを思っていたはずだ。だって、おじさんの顔が、あまりにも真っ蒼だったのだ。いつもはギャグばかり飛ばしているぶんちゃんも、空気が抜けてしまったみたいにうなだれていた。

三人はこちらにやってきた。僕らは、黙って迎え入れて、何もいわずに、だれかが口を開くのを待った。最初にしゃべりだそうとしたのはお父さんだった。でも、言葉を放つ直前に、ぶんちゃん親子の方をチラリと見たら、そのまま口をつぐんでしまったのだった。重たい空気が流れた。

「うちは、どうなっちゃうの……？」

結局、沈黙を破ったのはぶんちゃんだった。

「まだ、お父さんにも、わからん。でも、なんとかなるだろう。おまえは心配しなくても大丈夫だから」

おじさんは、自分にいいきかせるように応えると、ぶんちゃんの肩を右手で優しく抱くようにした。ぶんちゃんは、ふいに下唇を突き出して、への字口になって、そのままおじさんの脇腹に顔を押しつけて、声を出さずに泣いた。

お母さんが、いったい何があったの——？　と、目でお父さんに訊いた。

「しげちゃんのところの養鯉池が、ぜんぶ崩落していたんだ」

お父さんは小声でいい、まるで自分のことのように肩を落とした。

こういうとき、僕はどんな言葉をかけてあげればいいのだろう。ただ、どきどきしながらお母さんのとなりに立って、肩を震わせているぶんちゃんを見ているだけの自分が、ひどく情けなく思えてしまった。

おじさんの池は、このあいだ施設を新しくして鯉の品種も増やしたばかりだった。うちで日本酒を飲みながら「大借金を抱えちまったから、これからガンガン働かねえとな。たっちゃんもたまには手伝いにこいよ」と笑っていたのは、つい先日のことだ。

「男のくせに、いつまでも泣くな……」

おじさんがとても優しい声でいうから、ぶんちゃんは余計に大きく肩を震わせてしまった。

しばらくすると、オレンジ色の服を着た人たちがグラウンドに現れた。レスキュー隊だった。彼らの姿を目にしたとたん、避難所の空気がパアッと変わるのがわかった。

レスキュー隊の人たちは、消防団のはっぴを着ていたお父さんのところにやってきて「代表者となる人はだれですか?」と訊いた。お父さんは「こちらへ」といって、体育館の入り口にいた区長さんのところに案内していった。

お母さんたちは今朝も炊き出しをした。僕らは昨夜と同じ順番で配給をしてもらい、二度目の落ち着かない食事がはじまった。さっきからほとんど何もいわないぶんちゃんと一緒に、おにぎりにかじりついていると、今度は本物の消防士の恰好をした人たちがやってきた。消防団員じゃなくて、村外の消防士だ。

避難所の空気が、いっそうやわらかくなっていく。

続いてやってきたのは、山古志小学校の校長と、中学校の教頭だった。子供を一ヶ所に集めて、朝礼のときみたいな話をしはじめた。上の子は、下の子の面倒をしっかりみること。大人の邪魔になる行動は絶対にしないこと——。

そんなこと、わかっている。むしろ、大人の手伝いをできないもどかしさの方が大きいのだ。

レスキュー隊と消防士たちが運んできた情報によれば、虫亀地区よりも被害の大きな場所がいくつかあるとのことだった。具体的な救助活動については、まだ決まっていないようで、だから大人たちは、昨夜に引き続いて、食料や水、ガソリン、布団といった物資の確保に駆け回っていた。

　僕ら子供は、適当に集まって遊んでいた。子供同士は全員顔見知りだ。同級生はみんな、保育園時代からずっと一緒の幼なじみ。上の子が下の子の面倒を見るのは、そう難しいことではなかった。

　友達のなかには、携帯ゲームを持ったまま避難した奴もいたから、みんなでそれを回して遊んだりした。マンガを持ってきた奴もいて重宝がられていた。僕は手ぶらだったから、なんとなく肩身がせまい……。

　低学年の子たちは、頻発する余震が起こるとひどく怖がっていたけれど、僕ら四年生と一緒に鬼ごっこをしたりしていれば、表面上はみんな楽しそうに過ごしてくれた。

　でも、ぶんちゃんだけはずっと遊びに参加しなかった。グラウンドのはじっこにある鉄棒の支柱に背中をあずけ、地べたに体育座りをして、ひとり木の枝で地面に意味のない模様を描いたりしていた。

　僕は、鬼ごっこの輪から抜けて、ぶんちゃんの方へ歩いていった。ぶんちゃんは、ふと顔をあげて僕を見たけれど、すぐにまた下を向いてしまった。

「遊ばないの？」

　いいながら、僕はぶんちゃんと背中合わせになる位置に座って、鉄棒の支柱に背中をあずけた。

「みんな、ぶんちゃんのこと、心配してるよ……」

「………」

僕は、ぶんちゃんが持っているのと同じような細い枝を見つけて、かたわらの地面に絵を描いた。頭の上に巻きグソを乗っけたぶんちゃんの顔。あまりうまく描けなかったので、矢印も描いて『うんこぶんちゃん』と説明書きを添えた。

「ねえねえ、ぶんちゃん、ちょっとコレ見て」

すごく面倒臭そうな感じで首をひねったけれど、その絵を見た瞬間、ぶんちゃんは頬をひくひくさせたあと、結局はクスクスっと笑った。

やったぜ！　僕が心のなかでガッツポーズをしていたら、ぶんちゃんは、素早く『うんこぶんちゃん』の文字を手でかき消して『うんこたっちゃん』と書き直した。

僕も、クスクスと笑ってしまった。

レスキュー隊や消防士はきたけれど、その日は救助活動があるわけではなかった。ただの状況確認だ。

日が暮れると、お母さんたちはまた炊き出しをやって、おじさんたちは焚き火をやって、昨夜と同じような夜がじわじわと深まっていった。そして僕の家族はデリカのなかで寝て、ぶんちゃん親子は体育館で寝た。

三日目の朝八時。

役場から伝令を持ってきた男の人が、山古志村の全村避難の決定を伝えた。いよいよ今日からヘリコプターによる脱出作業がはじまるという。でも、虫亀地区の脱出がいつになるかは未定とのことだった。

だから大人たちはまたしても、食料やら水やら、ガソリン、その他の物資の確保に奔走することになったのだった。

脱出の際、ヘリに乗せられるのは人間だけ、という決まりがあった。ペットや動物の移送は禁止されたのだ。家族同然に犬や猫と暮らしていた人たちは、がっくりと肩を落とし、みんな、それぞれに首輪を外しにいったり、瓦礫のなかからエサを探し出して、大量に皿に載せてきたりしていた。

ペットを失う人たちよりも、さらに落ち込んで見えたのは、牛飼いの人たちだった。山古志村では古くから『牛の角突き』という闘牛が伝統文化として残っていて、いまでも盛んに催されているのだ。この牛飼いの人たちにとって、牛を手放すということは、ぶんちゃんのお父さんとおなじで、仕事をなくすことを意味していた。

うちのお父さんたちは、脱出のときに使う名簿作りをやっていた。このときもやっぱり、怪我人、病人から先に脱出して、最後にお父さんたちがヘリに乗ることにしていたらしい。

虫亀地区の脱出がはじまったのは、この日の午後一時だった。

闘牛場に、次々とヘリが舞い降りてくる。ふたり乗りのヘリもあれば、二十人乗りもあった。陸自、海自、空自、消防、警察……いろいろな色と形のヘリコプターがあった。

僕がヘリ乗り場に着いたとき、自衛隊や警察の人たちと一緒に、お父さんの姿があった。お父さんは、それぞれの家族がバラバラにならないよう、ヘリに乗せる村人の組合せを決める役割を担っていた。

僕は、お母さんとお兄ちゃんと一緒に並んでいた。もちろん、ぶんちゃんも一緒だった。そして、いざ順番がきたときに、お父さんは自衛隊の人にこういったのだった。

「この四人はぜんぶうちの家族です。まとめて乗せてください」

ぶんちゃんは照れくさそうに下を向いていたけれど、お父さんはそんなことに構ってはいられないようで「はやく乗れ」と僕の背中を押した。

「お父さんは？」と、後ろを振り返りながらお兄ちゃんが訊いた。

「重《しげ》ちゃんと一緒にあとで乗るから、心配するな」

そして僕たちは、十五人乗りくらいのヘリコプターに乗せられた。プロペラが猛烈に回転し、強い振動が伝わってきた。

ゆらぁーという不思議な浮遊感とともに、鉄の塊は中空に浮いた。はじめてのヘリコプター。正直、ちょっとわくわくしていたけれど、こんなときにあまり嬉しそうな顔をしてはいけないだろうと思い、僕は黙って窓におでこをくっつけて、小さくなっていく村を見下ろしていた。倒壊した建物や、崩れ落ちた道路、土砂崩れの爪痕があちこちに見えた。

ヘリコプターの飛行時間は、たったの十分くらいだった。本音をいえば、もうちょっと乗っていたかった。

着陸したのは小千谷市で、そこからマイクロバスに乗せられた。道路状況が悪かったせいか、渋滞がひどく、なかなか前に進んでいかない。結局、そのバスが虫亀地区と東竹沢《ひがしたけざわ》地区の一部の合同避難所となる明徳《めいとく》高校（長岡市）に到着したのは夜の十時をまわっていた。新潟県内の移動だというのに九時間もの長旅——僕らはくたびれ果てていた。

明徳高校の体育館に入っていくと、どういうわけかそこにはお父さんと重おじさんの姿があった。ふたりは最後のヘリに乗ったのだけれど、ヘリの着陸地点がここから近かったらしく、渋滞なしでこられたのだといった。ぶんちゃんは、おじさんの顔を見ると、どこか哀しいような笑みを浮かべて歩み寄っていった。

安心したんだ……僕は思った。よく考えてみれば、たったひとりの家族と離れたま
ま、ここまできたのだ。すごく不安だったに違いなかった。そういうことにちゃんと
気づいてあげられなかった自分を振り返ると、ちょっと歯がゆい思いがした。

夜が更《ふ》けて消灯時間を迎えた。照明がじわじわと落とされていく。暗くなると、天
井の高い体育館はガランとして見えて、ひどく寒々しい闇に包まれてしまった。
数ヶ所でストーブがつけられていたので、大人たちのあいだで持ち回り制の換気当
番が決められた。

この避難所は、すごく混み合っていた。一人あたりに畳一畳のスペースもない。も
ちろんプライベートを守ってくれる仕切りもなかった。暗くて広い空間のなか、あち
こちで、だれかのいびきが立ちのぼっては、天井の闇に吸い込まれていく。

毛布は一人一枚ずつもらったけれど、固い床が冷たくてなかなか眠れなかった。こ
れじゃ、デリカのなかで寝た方が快適じゃないか——そんなことを思いながら、僕は
早く眠りたくて悶々としていた。

すぐとなりには、ぶんちゃんが身じろぎもせず、こちらに背中を向けて寝ていた。
薄闇のなか、じっとその背中を見ていたら、なんだかしみじみと切ない気持ちがわき
あがってきてしまった。

ぶんちゃんには、お母さんがいない。

住む家もない。

おじさんの仕事もない。

だったら、うちの家族になっちゃえばいいのに——そんなことを考えたりもするけれど、やっぱり現実は無理なのだろうとも思う。だって、毎日一緒に夕飯を食べていただけでも、両家のあいだにはお金のやりとりがあったのだから。

いや、そもそも、うちだってこの先どうなっていくのか想像もつかない。家のなかはもうめちゃくちゃだといっていたし……。

とりとめのないことを考えていたら、いきなりぶんちゃんが立ち上がって「ちょっと、小便してくる」と、おじさんにいった。そしてどういうわけか、僕も反射的に飛び起きて「オレも」といっていた。小便なんて、まったくしたくもないのに。

体育館の外に出ると、淀んでいた空気から一気に開放されたようで、僕とぶんちゃんは深呼吸をした。

「このままどっかに遊びにいっちゃいたいな」

ぶんちゃんは、にやりと笑った。僕もおなじ種類の笑みを浮かべて、それを返事の代わりにした。

このあいだの夏休み——、ぶんちゃんが僕の家に泊まったとき、夜中にふたりして家を抜け出したことがあった。あの夜は、少し風が強く、イチョウの樹がざわざわと枝葉を揺らして、冒険をする僕らをたしなめているみたいに思えた。

「鎮守さんまで、肝試しな」

懐中電灯を手にしたぶんちゃんは、近くにある神社まで行くつもりだった。はっきりいって、僕は家の前の道を歩きだした時点ですでに怖くて呼吸が浅くなっていた。満月に近い月が、青みがかった光を道路に落としてくれていたけれど、周囲の林や森のなかは吸い込まれそうな闇だった。しかも、そういう闇のなかから、ガサッとか、バキッとかいう音が聞こえてきて、そのたびごとに僕の心臓は止まりそうだった。

山道を少しのぼっていったところで、いきなり五メートルほど先に牡鹿《おじか》が飛び出してきた。驚いた僕らはひっくり返りそうになった（実際、僕は尻餅をついた）。それでもぶんちゃんは、先へと足を進めていった。僕はもう、ぶんちゃんにすがりつきたいような気分だった。

鎮守さんへと続く石段の前までやってくると、さすがにぶんちゃんも足を止めた。ここから先は、あきらかに闇の質が違うように思えた。ぶんちゃんは石段の上の方を懐中電灯で照らした。でも、照らされた部分は黄色くなったけれど、そのまわりの闇はむしろ、ぐっと濃さを増したように見えた。光が強ければ、闇はそのぶん濃くなるのだ。

もうこれ以上、やめようよ——胸のなかでそう願っていたら、ずっと上の方で、ガサ、ガサ、ガサ、という音が聞こえた。

「足音？」と、ぶんちゃん。

「う、あ、だめだ、逃げよう」

僕の言葉がスタートダッシュの合図になって、家までダッシュで逃げ帰ったのだった。

そして、それ以来、鎮守さまで遊ぶときは、僕らは必ず『二礼二拍手一礼』をやってからと決めていた。

避難所の外は、その肝試しのときとは違って、外灯の明かりで夜明けみたいに明るかった。

仮設トイレに入って用を足し、ふたりは体育館に向かって歩きだした。館内に入る前に、ぶんちゃんがいった。

「ちょっと、しゃべっていかねえ？」

「うん、いいよ。どうせ眠れなさそうだから」

僕らは入り口ちかくのコンクリートの階段に並んで腰掛けた。そして、しばらくのあいだ、なんとなく黙っていた。

どこかで虫の声が聞こえた。

いろんな大切なものを失ってしまったぶんちゃんが、すぐとなりでゆっくりと呼吸をしていた。

「ねえ、ぶんちゃん」

僕から話しかけるべきだと思った。

「なに?」

「オレたち、どうなっちゃうんだろう」

「ほんと、だよな……はぁ」

ぶんちゃんは、大きなため息をついた。そんなに吐いちゃうと、抜け殻になっちゃうんじゃないかと心配になるくらい。

「こんなこと、べつに、いわなくてもいいんだけど……」

胸がちょっと、どきどきしてきた。

「え、なんだよ?」

ぶんちゃんは、いぶかしげな口調だ。

「オレたち、これから、どうなっちゃうかわかんねえけど——」

「………」

まった。

「でも、どうなっちゃっても、ずっと親友でいような」

いったそばから、僕はすごく恥ずかしくなって、「なーんてね」と、つけ足してし

「……バーカ」

ぶんちゃんは前を向いたまま笑った。

ちょっぴり、満足げに。

それから、僕らの長い長い避難所生活がはじまった。

食事は、毎日、自衛隊の人たちが不思議な形の車でやってきては、みんなに配給してくれた。寝るときに床が冷たいのは、ウレタンマットが配られたおかげでなんとかなったけれど、でも数が足りなくてお父さんやおじさんはずっと床にそのまま寝ていた。ストーブは一日中つけられていたから、昼間はさほど寒さを感じないでいられた。

大人には、たまに換気当番がまわってきた。

一週間くらいすると、また不思議な形をした自衛隊の車がやってきて、今度はジャングルに張るみたいな大きなテントを設営しはじめた。地面にはブルーシートが敷かれていて、そのテントのなかには支柱とコンパネで大きな箱が組み立てられ、それに防水の丈夫なシートをかぶせた。そこにお湯を入れれば――そう、それは、本当にう

れしい『お風呂』のプレゼントだったのだ。

この風呂は八畳くらいの広さがあって、二十人くらいで一気に入れるのだけれど、僕らはいつも子供同士で遊びながら入っていた。あったかいプール、通称、ジャングル風呂だ。

避難所生活は、遊びにはことかかなかった。なにしろ体育館のなかには集落の子供が全員いるのだから、修学旅行に近いものがある。とはいえ、体育館のなかで騒いでいれば怒られるし、観たいテレビ番組があっても、相撲とかニュースばかりが流されていて、たいくつすることもあったけれど。

いちばんやっかいだったのは、カメラやマイクを持って僕らをしつこく追い回すマスコミの人たちだった。

「学校はいつはじまるの？」

「ここで生活していて、なにがいちばんつらいかな？」

「きみのおうちは、こわれちゃったの？」

「夜は寒くない？」

「早く村に帰りたいと思う？」

最初のうちはカメラやマイクが物珍しかったけれど、半日もすると飽きてくる。飽きてしまえば、はっきりいって、余計なお世話の連続だった。

ある日のこと、僕よりひとつ年下の男の子をマスコミの人がしつこく追いかけていたら、その子が面倒くさくなって逃げ出したところに車が突っ込んできて、あやうく大事故になるところだった。

その一件があってからは、子供に取材をするときは、親の承諾を得てからにしてもらうことになった。

ところが、そうなったら今度は、妊婦さんが標的になってしまったのだった。

僕の家族とぶんちゃん親子のいるスペースのすぐそばに、一歳の赤ん坊を連れた妊婦さんがいたのだけれど、マスコミの人たちは朝から晩までその人を取り囲んでは、カメラを回し、マイクを向け続けていた。

その女の人は、村でもとてもいい人だったから、マスコミの人たちにもできるだけ丁寧に対応していたみたいだったけれど、あまりにも長い時間カメラとマイクを向けられていたせいで、しまいには顔色が悪くなってしまった。

そして、それを見かねたお父さんが怒ったのだ。

「あんたら、もういい加減にせえや！　お腹の大きな女性をつかまえて、一日に何時間もしゃべらせるなんて、いったいどういう神経をしてるんだ！」

叱られたマスコミの人たちが、しぶしぶ引き上げていくと、妊婦さんは「本当にありがとうございました」とお礼をいいにきた。

それを見ていたまわりの人たちから、パチパチと拍手がわき起こった。お父さんは死ぬほど照れくさそうにしてうつむいてしまったけれど、お兄ちゃんとお母さんは、まるで自分が賞賛を浴びているみたいにニコニコしていた。もちろん僕も、心のなかでは「お父さん、かっこよすぎだぜ！」と絶叫していたけれど。

避難所生活がはじまって十日後、僕たちは久しぶりに小学校に行けることになった。長岡市内にある坂之上《さかのうえ》小学校が受け入れてくれたのだ。この小学校では、山古志村の子供たちと地元の子供たちとの交流会を開いてくれたりして、そのおかげで新しい環境にも、わりとすんなり馴染むことができた。日々、新しい友達ができていくのにもわくわくした。

学校に行きはじめると、ぶんちゃんは完全に昔のままの元気をとりもどした。帰りがけに、山古志村にはないコンビニに立ち寄ったりして、ちょっと刺激的な長岡ライフを堪能しはじめていたのだ。

吹き抜ける風が凛と鳴りそうなくらいに透明感をおびてきて、そして同時にキリキリと尖りはじめた十二月の初旬——。

僕たちはようやく、仕切りのない体育館での暮らしを終えられることになった。

おなじ長岡市内の青葉台《あおばだい》というところに、仮設住宅が完成したのだ。プレハブで作られた仮設住宅は、１ＤＫから３ＤＫまで様々で、家族の人数によって広さは決められていた。うれしいことに、山古志時代のご近所さんや親戚同士は、お向かいにしてくれるという親切な配慮がなされていた。

だから、僕とぶんちゃんの家は、道をはさんで向かい同士になった。うちは四人家族だから３ＤＫ、ぶんちゃんは２ＤＫだった。

仮設住宅に入って、何がいちばんよかったかというと、他人の目を気にしないで生活できるということだった。体育館にいたときは、着替えひとつするのも面倒なことだったのだ。でも、もうあのジャングル風呂でみんなと遊べなくなるのだけは、ちょっぴり淋しい気がした。

仮設住宅に引っ越してからも、大人たちは、仕事をしにいったり、仕事を探しにいったり、遠くに住んでいる親戚たちとやりとりをしたり、とにかく色々と忙しそうだったけれど、僕らはとりあえずドアの外にさえ出れば、まわりは遊び友達だらけなので、一年生から六年生まで幅広い仲間が一緒になって遊んでいた。

もちろん、ぶんちゃんとも毎日一緒に遊んだ。野球が好きなぶんちゃんとは、よくゴムボールでキャッチボールをしていた。

ぶんちゃんの投げる球は、六年生並みに速くて、しかも変化球をいくつも投げられた。カーブ、シュート、ナックル、スライダー、フォーク、スプリットフィンガー、パーム。まさに七色の変化球だった。

「あーぁ、またちゃんとグローブと軟球でビシッとキャッチボールやりてえな」

ぶんちゃんは、よくそんなことをいった。

僕らが使っていたグローブは、山古志の家に置き去りになっていたのだ。

キャッチボールのほかに、もうひとつ僕らがハマったことがある。それは、『コカリナ』という名の、かわいい木製の笛だった。震災で倒れてしまった山古志小学校の桜と松の木を素材に使って、日本でいちばん有名なコカリナ奏者という人が僕らのために作ってくれたのだ。

コカリナは、ハンガリーで生まれた民族楽器で、通称、木のオカリナ。あったかい感じの音色が、僕もぶんちゃんもお気に入りだった。山古志の子供たち二十人ほどで『コカリナ倶楽部』を結成して、僕はその部長ということになった。

学校の帰り道、僕とぶんちゃんは並んで歩きながら『故郷《ふるさと》』という曲を吹いて練習した。

ある学校帰りに、ぶんちゃんが突然こんな質問をしてきた。

「なあ、たっちゃん、うさぎって食ったことあるか?」

「え、ないよ。――なんで?」

「この曲によ、うさぎ美味《おい》しかの山、ってあるだろ」

そのセリフを聞いたとたんに、僕は、はじかれたように腹を抱えて笑いだした。

「な、なんだよ」

憮然とするぶんちゃん。

「だって、それ――うさぎ美味しい、じゃなくて、追いかけるって意味の、追いし、だよ」

「えええええええっ、うそ！」

ぶんちゃんも笑いだした。

「ホントだって」

「なんか、おかしいと思ってたんだよな、この歌詞」

そして、どちらが笑わないで最後まで『故郷』を吹けるか、という競争をしながら、その日僕らは仮設住宅へと帰った。

僕らは、山古志にいたころとあまり変わらない感じで日常を過ごしていた。子供ってやつは、大人よりも順応性が高いからな――いつだったか、お父さんがそうつぶやいていたけれど、それは本当かも知れない。

でも、山古志のころと比べて、大きく変わったことがひとつある。それは、ぶんちゃん親子がうちに夕飯を食べにこなくなったことだった。ふたりは毎晩、一緒になって夕飯作りを楽しんでいるらしい。ぶんちゃんは、カレーライスがすごく上手に作れるようになったと学校で自慢していたくらいだ。

長岡の仮設住宅で年を越し、二〇〇五年を迎えた。

やがて春になって僕らは五年生になった。

仮設住宅にも、坂之上小学校にも、コンビニのある暮らしにも、いつの間にか慣れきっていた。

桜が散り、梅雨が終わり、セミが鳴きはじめて夏休みに突入しても、ぶんちゃんと僕は、相変わらずキャッチボールをよくやっていた。

一生懸命、練習をし続けた成果もあって、僕もそこそこ変化球が投げられるようになったけれど、コントロールがどうもいまいちで、たびたび暴投してはぶんちゃんに「どこ投げてんだよ、下手クソ」と突っ込まれていた。

よく晴れたある土曜日の朝——。

ちょっとうれしい知らせが舞い込んできた。

起き抜けに、いきなりお父さんがこんなことをいったのだ。

「時間制限つきだけど、車で山古志に入れることになったから、今日ちょっと行ってみようと思うんだ。あっちの家のなかから必要なものを集めて持ってくるんだけど、おまえたちも行くか？」

僕もお兄ちゃんも、もちろん「行くっ」と叫んだ。

なにしろ、大事なテレビゲームが生きているかも知れないのだ。少なくとも、ソフトくらいはそのまま残っていてほしい。

そうだ！

「ぶんちゃんも一緒に連れてっていい？」

お父さんに訊いたら、笑いながらうなずいてくれた。すぐに玄関を出て、パジャマのまま向かいの家のドアをノックする。

少しして、「おす。どうしたん？」

寝ぼけたような顔をしたぶんちゃんが出てきた。

「今日、お父さんが車で山古志に連れて行ってくれるって。ぶんちゃんも一緒に行かない？」

当然、行くといって大喜びするだろうと思っていた。

ところが――。

ぶんちゃんはキッと刺すような目で、僕を睨みつけたのだった。

「……勝手に行けよ。バーカ」

ドアがバタンと閉められた。

「え……?」

最初、ぶんちゃんの声はただの《音》として聞こえていて、しばらくしてから、その《音》が、じわじわと《言葉》の輪郭をもって僕のなかにしみ込んできた。

な、なんだよ……。


久しぶりの山古志村は、やっぱりひどいことになっていた。雪かきをしないで冬を越したせいもあって、道路も建物もめちゃめちゃだった。

なつかしい曲がりくねった上り坂をあがっていくと、大きなイチョウの樹が見えてきた。僕は、震災の日に見た、襲いかかってくるような黒いイチョウの姿を思い出した。

あれからもう九ヶ月以上が経っているのか——そう思うと、時間の感覚がおかしくなりそうだった。

子供の僕にだって、慌ただしすぎたのだ、この一年は。

僕の住んでいた家は——崩壊してはいなかった。

とはいえ、本当にひどいありさまだった。もはやどうがんばっても人が住めるまでにはもどらないということが、ひと目見ただけでわかった。あちこちでガラスは割れ、窓はほとんどすべて開いていて、そのカギがひとつ残らず飛んでなくなっていた。いたるところで壁ははがれ落ちているし、柱はねじ曲がり、梁はゆがんで外れているところもあった。ふすまと障子は、上下から圧力をかけられたみたいに、真ん中でまっぷたつに折れていた。

でも、玄関の引き戸は、予想外なくらいにすんなり開いた。

家族四人で、恐るおそるなかに入る。

ガラスの破片があるから、靴のままあがったのだけれど、土足で家にあがるのはやっぱり少し抵抗があった。

なかもまた、爆発でも起きたのではないかというくらい、ひどい散らかりようだった。畳は腐っていてカビ臭かった。台所の床は波打ち、部分的に割れていた。風呂場の壁はほとんどが崩れ落ちていて、タイルの床が見えないくらいだった。

現実を見れば見るほど、生まれ育ったこの家での思い出が、ひとつひとつ潰されていくみたいな感じがして、僕はちょっとみぞおちのあたりが熱くなってしまった。

子供部屋に入ると、それがさらに強くなった。お目当てのゲームソフトは部屋の隅っこに転がっていて無事だったけれど、ハードは本棚の下敷きになって真ん中から割れていた。電源コードも付け根から抜けていた。小さいころに買ってもらって、大事にとっておいた絵本たちが、すべて畳と一緒に腐っていた。

家が残っていても、こんな気持ちになるんだ……。

ぶんちゃん――。

僕は朝の出来事を、痛烈に後悔しはじめていた。ぶんちゃんのことを考えると、肺のなかに砂が詰まってしまったみたいで、すごく苦しい感じになった。

転がった勉強机を乗り越えて、押し入れのなかを探った。そこには狙いどおり僕が使っていたグローブが眠っていた。これは、ほぼ完全に元のままだった。ついでにボールも探す。あった。僕はグローブと一緒にリュックのなかに詰め込んだ。

しばらくして、お父さんが子供部屋を覗きにきて、「そろそろいいか？」といった。僕ら兄弟は、思いのほか、必要なものがないことに驚いていた。持ち帰るものは、それぞれ小さなリュックひとつで充分だったのだ。

「ねえ、お父さん」

「ん？　どうした、達也」

「帰る前に、ちょっとだけ、ぶんちゃんの家に寄ってくれない？」

お父さんは、ちょっと考えるようにしたけれど、腕時計を見て「少しだけだぞ」と了承してくれた。

車に乗り込んで、坂を一〇〇メートルほどあがった。

ぶんちゃんの家が見えてきた。その瞬間、僕は思わず息を飲んでしまった。斜面の上から崩れ落ちてきた土砂で、ぶんちゃんの家は半分以上がきれいさっぱり押し潰されていたのだ。しかも、残りの四割ほどの部分も、ほぼすべて崩れ落ちていた。

「きたけど、どうするんだ？」

運転席のお父さんが後部座席の僕に振り返った。

「物置のあったところから、探し出したいものがあるんだ。今朝、ぶんちゃんに頼まれたんだけど……」

僕は嘘をついて車を降り、建物の向こう側へと駆けていった。「気をつけなさいよ」というお母さんの声を背中で受け止める。

ぶんちゃんの家は泣きたくなるほど変わり果てていたけれど、頭のうえから降ってくるセミの声のシャワーは、昔と少しも変わっていなかった。

古い木造だった物置は、土砂からは逃れていた。でも、跡形もなくバラバラに崩れ落ちていた。僕は、さっきお父さんに借りた軍手をはめ直して、かつて物置だったはずの瓦礫を少しずつどけていった。

「おまえ、なにを探してるんだよ」

お兄ちゃんが横にきて、手伝いはじめた。

「ぶんちゃんの野球のグローブなんだけど」

「うーん、見つかるかな、こんな状態で……」

いいながらお父さんも加勢してくれる。

その後ろから、お母さんも――。

セミが騒ぎまくって、夏の陽射しに殴られまくって、たまに吹く風に癒してもらった。

炎天下、あごの先から汗をしたたらせながら、みんなでせっせと三十分くらい瓦礫を放り投げ続けていた。

すると、お兄ちゃんが大声を出した。

「あ、あった!」

太い柱の奥に、グローブを発見したのだった。お父さんが車のなかからバールを持ってきて、テコの原理で柱を持ち上げ、そのすきに、さっと僕がグローブを取り出した。

や、やった……。

「よかったなぁ」と、汗だくになったお父さんは笑った。お兄ちゃんも、お母さんも、みんなスコールでも浴びたんじゃないかってくらいに汗でずぶ濡れのまま笑っていた。

僕の手にあるぶんちゃんのグローブは、外側はもちろん、なかにまで泥がびっしりと入り込んでいた。でも……まあ、水で洗い流せば使えるだろう。

僕は、手伝ってくれた家族に「みんな、ありがとう」といった。

ちょっと照れたけれど、本当にうれしかったから。

仮設住宅に帰ったのは、日暮れどきだった。

僕は意を決してぶんちゃんの家のドアをノックした。すぐになかで足音が聞こえたと思ったら、ぶんちゃんが朝とまったくおなじ動作でドアを押し開けた。

視線が合った。ぶんちゃんは、朝ほどではないけれど、思いっきり不機嫌な顔をしていた。

「なんだよ……」

おまえの顔なんか見たくねえんだよ――そういっているみたいだった。

「あ、あの……、これ」

僕は泥まみれのグローブを差し出した。

ぶんちゃんはそれを見ると、一瞬、呼吸を忘れたみたいな驚いた表情をしたけれど、すぐに朝と同じするどい目になって、僕の手からグローブをバシンッ！　と叩き落とした。

「おめえ、なんで余計なことすんだよ。勝手にオレん家《ち》に行くんじゃねえよ、ふざけんなっ！」

バタン！　ドアを閉められてしまった。

ぶんちゃん……。

家族みんなの汗だくになった笑顔を思い出して、僕は思わず泣きだしてしまいそうになったけれど、でも、深呼吸をして、なんとかこらえた。そして、気持ちを整理する。

仕方がない。元々は自分が悪かったのだ――。

そして足下に落ちていたグローブをそっとぶんちゃんの玄関の前に置いて、ひっそりと家に帰った。

夕飯を食べているとき、お母さんが「ぶんちゃん、喜んでくれた？」と訊いたので、僕はドキリとしたけれど、なにくわぬ顔で「うん、かなり」と嘘をついた。今日はなんだか嘘をついてばかりいる。

夜、ベッドのなかでも、ぶんちゃんのことを考えた。グローブを差し出す前に、僕は「ごめん」とひとことというべきだったのかも知れない――そう思い至って、ひどく後悔をしていた。はぁ、と大きなため息をこぼしたら、こらえていた涙がひとしずくだけこぼれた。

翌日は、朝から大雨だった。

僕は、ぶんちゃんのグローブが気になって仕方がなくて，ついつい自分の家の玄関を開けて、向かいの家の玄関を覗いてしまった。

「あんた、なにやってるの？」

こういうとき、決まってお母さんの声が背中に刺さる。

「いや、ぶんちゃん、なにしてるかなって……」

しどろもどろではなかったと思う。だって、玄関にグローブはなかったのだ。ぶんちゃんは、家のなかにしまったのだ。

「気になるんなら、ぶんちゃんの家に遊びにいけば？」

「ううん、いい。今日は宿題やるし、観たいビデオあるし」

じゃあ、なんで覗いていたわけ？　って突っ込まれそうだけど、とりあえず適当ないいわけをして僕はお兄ちゃんと一緒に使っている四畳半の子供部屋に引っ込んだ。

二段ベッドの下段にゴロンとあおむけになって、マンガ本を開いてみたけれど、どうも落ち着かないので、本当にビデオをつけてみた。そしてお兄ちゃんと一緒に、だらだらとアニメ映画を観続けた。そのなかの一本は、なつかしい日本の田舎を舞台にした、ほっこりと心あたたまるファンタジー映画だった。

その翌日は、天候も一気に回復した。

ビーチサンダルをつっかけて外に出ると、雨上がりの澄みきった青空と雲が、水たまりにきれいに映っていた。

昼間、僕はできるだけ仮設住宅の近辺で、友達と外遊びをしていたのだけれど、ついにその日は、ぶんちゃんの姿を見ることはなかった。

何度か、玄関のドアをノックしてみようかとも思ったけれど、一昨日のあの刺すような視線と、吐き捨てられた言葉の剣幕を思い出すと、どうしてもその勇気が出せなかった。

恥ずかしいけれど、自分でも予想外なくらい凹んでいたみたいで、夕飯を食べているときにお母さんが不安そうな顔で僕にこんなことをいった。

「あんた、昨日からちょっと元気ないみたいだけど、どこか具合でも悪いんじゃない。大丈夫？」

「は？　元気だよ、オレ」

とぼけてみたけれど、この演技は通用しただろうか。

その翌日もまた、夏らしい青空が広がった。

ぼこぼこと盛り上がる深緑色をした山並みは、ブロッコリーを思わせた。そして、その向こうには入道雲がもくもくと盛り上がっている。

絵に描いたような夏休み——。

でも、僕はなんとなく外に出る気がしなくて、窓からぼんやりと空を眺めたり、マンガ本を読んだり、テレビを観たりして過ごしていた。

昼過ぎ、お父さんとお母さんは買い物に出かけて、お兄ちゃんは友達と自転車でどこかに遊びにいった。

ひまだなぁ、と思いながら、アイスが入っていることを期待して冷凍庫を開けようとしたとき、コンコン、とひかえめにドアをノックする音が聞こえた。

だれだろう？　僕は「はーい」と適当な返事をしながら、片足だけサンダルにのせてドアを開けた。

ドアの外にいたのは、ぶんちゃんだった。

坊主頭にジャイアンツの帽子をかぶり、左手には、すっかりきれいになったグローブがはめられていた。

ドアの外から、セミの鳴き声がどっと押し寄せてくる。

「ス、スライダー教えてやるから、キャッチボールやろうぜ」

ぶんちゃんは、下から見上げるみたいな視線でいった。

「え？」

「だから――、キャッチボール、やろうぜ」

「あ、あ、うん。ちょっと待ってて」

僕は大慌てで子供部屋に飛び込んで、グローブとボールを手にして玄関を飛び出した。帽子をかぶるのを忘れたけれど、そんなこと、どうでもよかった。

家の前の路地でぶんちゃんは待っていた。

僕らは適当な距離をとって、向かい合った。

ぶんちゃんは、相変わらずちょっと怒ったみたいな顔をして、僕を下から見上げるみたいにしている。

よし、この一球目が、勝負だぞ……。

ボールをしっかりとにぎり、僕は自分の胸に『がんばれ！』とエールを送った。

じりじりと照りつける太陽は、タンクトップを着た僕の肩をみるみる焦がしていく。頭上のセミたちは絶叫していて、入道雲も最高にマッチョだった。

僕は、ぶんちゃんに向かって最初の一球を投げた。

そして投げながら大声を出した。

「こないだは、ごめんっ！」

バシッ。

ぶんちゃんがキャッチした。そして、ちょっと口元をひくひくさせた。笑うのをこらえているみたいだった。

そして、今度はぶんちゃんが投げながら——。

「こっちこそ、ごめんな！」

僕は、気持ちをのせて飛んできた速球をキャッチする。

バシッ、と、心地よい感触がした。

ぶんちゃんは、鼻をこするみたいにして、えへへ、と笑っていた。僕もなんだか、気が抜けたみたいになってしまって、へらへらと笑った。

これまで何度くらい、ぶんちゃんとこうやって仲直りをしてきただろう――。僕がちょっと思い出にひたっていたら、「早く投げろよ、うんこたっちゃん！」という声が聞こえてきた。

あはは、こんにゃろ……。

笑いながら、僕は大きくふりかぶって、思いきり直球を投げた――つもりが、大暴投。後ろにどんどん転がっていくボールを必死になって追いかけながら、ぶんちゃんは大声を出した。

「どこ投げてんだよ、下手クソ！」

うんこだのクソだの汚ねえなぁ。笑いながら僕は入道雲を見上げて、「ごめーん」と今日、二度目のセリフを叫んだ。でも、二度目のごめんはすごく軽くて、一瞬にして夏空に吸い込まれて消えた気がした。

「いくぞー！」

ずっと向こうでボールを拾ったぶんちゃんが大声を出す。遠投する気だ。

「おう！」

僕は両手をあげて応えた。

今年もまた愉快な夏休みになりそうだった。

その夏から、まる一年が経った。

六年生になった僕は、ぶんちゃんに教わり続けたスライダーを上手に投げられるようになったし、コカリナの腕もかなり上達していたけれど、相変わらず仮設住宅での生活は続いていた。

あと二ヶ月もすると、山古志小学校と山古志中学校をひとまとめにした合同校舎が新設されることになっていた。

このころになると、それぞれの家庭が今後どういう生活をしていくのか、という方向性が見えはじめていた。つまり、山古志村にはもう帰らないと決めた人たちが、ちらほらと出はじめたのである。

僕らの同級生は十八人いた。そのほとんどは来年四月から山古志中学校にもどることになっていたのだけれど、しかし四人だけは入学と同時に村を離れることが決まっていたのだ。地震で家が崩壊してしまったことや、仕事の都合など、それぞれ『大人の理由』というやつがあるのだろうけれど、保育園のころからずっと一緒に仲良く遊んできた幼なじみが欠けるとわかると、みんな想像以上にショックを受けていた。あまり表面的には落ち込んでみせなかったけれど、それぞれの胸には消しようのない淋しさがへばりついていて、来年の春がやってくるのを静かに怖れていた。まるで小さくて透明な時限爆弾を抱えてしまったみたいに。

なかでも、ずば抜けて凹んでいたのが、みんなのリーダー格であり、ムードメーカーでもあったぶんちゃんだった。面倒見のいいぶんちゃんにとって、仲間が欠けるということは、自分の身体の一部が失われるのと同じくらいの痛みだったのだと思う。だって、ぶんちゃんは、夏休みに入って少し経ったくらいから、いきなり元気がなくなっていき、八月の後半にもなるとダイエットでもしたのではないかと思うくらい痩せてしまったのだ。豪速球とキレのある変化球は相変わらずだったけれど。

でも、とりあえず中学校に行くまでは、みんな一緒でいられる。だから僕らは、全員がそろった最後の夏休みを、できるだけ大切に使いたいと願っていた。この仲間で作れる思い出を、少しでも多く積み重ねておきたかったのだ。

そして――。

そんな僕らが、この夏いちばん楽しみにしていたのは『おもいっきり川遊び！』という名のツアーだった。これは『NPO南魚沼もてなしの郷』というところの主催で、僕ら山古志の子供たちを川遊びに招待してくれるという企画だった。

各家に配られたチラシによれば、魚のつかみどりとか、バーベキューとか、ぬか釜炊飯とか、なんだかおもしろそうな企画が満載だった。しかも、ネコバスのモデルになったボンネットバスで送迎してくれるとある。遊ぶ場所は塩沢《しおざわ》町の清流、登川《のぼりかわ》。そこでは夏祭りも催されているらしい。

祭りに川遊びにネコバスかぁ——。

僕もぶんちゃんも、この日がくるのがすごく待ち遠しくて、キャッチボールをしながら、あと何日だな、なんてよくいい合っていた。でも、残りの日数をかぞえたあと、ぶんちゃんはちょっと淋しそうな顔をすることがあった。『最後の夏休み』という憶いが、ぶんちゃんにはとくべつ強いのかも知れなかった。その気持ち、よくわかるけど。

夏休みという僕のなかでいちばんキラキラした時間は、今年もやっぱり嘘みたいな速度で深まっていった。

気づけば、お盆が過ぎ、緑色の稲穂がふくらみ、無数の赤とんぼが空をふわふわと舞いはじめていた。吹きわたる風のなかにかすかな秋の匂いを感じ取ってしまう瞬間もあった。僕はその匂いに胸をキュンキュン痛めつつも、それはなかったことにして残りの夏休みに集中した。

そして宿題もだいたい片付いたころ――。

いよいよ川遊びツアーがやってきたのだった。


その日は、自称、雨男のぶんちゃんの心配をよそに、空はおもいっきり晴れわたった。まさに『おもいっきり川遊び！』ツアーにはもってこいの天候だ。

僕ら同級生は、仮設住宅の入り口のところに集合して、ネコバスの到着を首を長くして待っていた。

「そろそろ、くるんじゃないか」

保護者の代表として一緒に行くことになったお父さんが、腕時計をチラリと見ていったら、本当にやってきた。

「うわ、かわいいっ！」

「ホント、ネコバスみたい！」

遠くからやってきたボンネットバスを見て、みんなのテンションは一気にあがっていった。お父さんも歯が見えるほどの笑顔で、「うわー、あれに乗れるのかぁ」とご満悦だ。

笑った猫みたいな顔をしたバスは、なんだかゴロニャンゴロニャンという感じのエンジン音をたてながら、とても楽しそうに走ってくるように見えた。

やがて、バスよりももっとにこにこ顔をした運転手さんが、僕らの目の前にぴたりとバスを停めた。

ゴロニャンゴロニャンゴロニャン……。

予想していたものよりも、ずっとかわいいバスだった。ペットみたいというか、なんというか、とにかく生きているような雰囲気が漂っているのだ。

昔の乗り物って、みんなこうなのかな——と、感動していたら、ぶんちゃんが寄ってきて「なあ、あの運転手さん、えびす様みたいな顔してると思わねえ?」とささやいた。

うん、なるほど、似てるかも。

別のおじさんがボディの真ん中あたりにあるドアを開けて、僕らを招き入れてくれた。

「すげー」

「タイムスリップしたみたーい」

車好きの連中は、さっそく運転席の方へと集まっていき、歓声をあげている。お父さんもいちばん前の席に行って、えびす顔の運転手さんに挨拶をしていた。

ものすごく古いバスのはずなのに、外見も中身も、とてもきれいだった。丁寧に磨かれているに違いない。

僕も本当はいちばん前の席で、運転する様子を見たかったのだけれど、なぜかぶんちゃんがどうしてもいちばん後ろのベンチシートがいいといい張ったので、仕方なくそれにつき合うことにした。

青いベンチシートに腰掛けると、スプリングがぼよんぼよんしていて、気持ちよかった。この上にゴロンと横になって昼寝でもしたら快適だろうな、なんて考えてしまう。

しばらくすると、お父さんが点呼をとって、えびす顔の運転手さんにＯＫを伝えた。そして、バスはブルブルと車体を震わせながら、真っ青な夏空の下、ゆっくりと走りだした。

バスはすぐに関越自動車道に乗って、ぐんぐんスピードをあげていった。冷房はないけれど、高原のさらっとした風が入ってくるから、さほど暑くはなかった。

「なんか、遠足って感じで、いいね」

僕が笑いかけると、ぶんちゃんは「うん」と応えたものの、どこか浮かない顔をしていた。

またセンチメンタルになってるな――こういうときは、うまいお菓子に限るぜ、と思って、リュックからさっそく新発売のチョコを出そうとしたとき、僕は手をすべらせてしまった。チョコの箱は中空でクルリと回転しながら、ぶんちゃんの膝に当たって、コトリと乾いた音をたてて前席の下の床に落ちた。

ぶんちゃんは、きゅうくつそうに身体を折って、落ちたチョコの箱に手を伸ばしてくれた、と思ったら、

「ん、なんだ、コレ?」

チョコと一緒に、なにかを拾い上げた。

「たっちゃん、ほら、ビー玉発見」

ぶんちゃんはチョコを僕に渡すと、手のひらに拾ったビー玉をのせて見せてくれた。きれいな青い色をしたビー玉だった。よく見ると、中心の細かい気泡のあたりが、わずかに発光しているような気もする。

「なんか、不思議な感じのビー玉だね」

「うん、たっちゃんもそう思うか」

ふたりで、まじまじと眺めた。そのとき、僕はふと思った。

「これ、どこかの海の色みたいだ。光がゆらゆらして見える」

「海、か――」

ぶんちゃんは、なぜかがっかりしたような声を出した。

海に、なにか嫌な思い出があったっけ？

「なんだよ、ぶんちゃん。せっかくの最後の夏のイベントなんだから、元気だしていこうぜ」

僕は「ほら」といって、箱のなかからチョコを差し出した。

でも、ぶんちゃんはビー玉をにぎったまま、黙り込んでしまったのだ。

「ぶんちゃん……？」

僕は落ち込む意味がわからなくて、少しのあいだ言葉を失いながら、ぶんちゃんを見ていた。差し出したまま行き場を失っていたチョコを自分の口に放り込んだ。舌のうえで甘さとほろ苦さが広がった。ものすごくうまいチョコだったはずなのに、あまり感動がなかった。

ゴロニャンゴロニャンゴロニャン……。

僕らとは逆に、バスはすごく楽しそうだ。前の方の席に座っている同級生たちも、みんなで大笑いしている。

一分ほどして、ようやくぶんちゃんは口を開いてくれた。その一分が、ものすごく長い沈黙に感じられた。

「たっちゃん……、海、好きか？」

ぶんちゃんは、ビー玉が落ちていた前の座席の下あたりに視線を置いたまま、少し嗄《しわが》れた声でつぶやいた。

「好きだよ。あんまり行ったことはないけど」

「日本海は――?」

「オレ、太平洋、見たことないもん。日本海には翡翠《ひすい》っていう宝石がとれる海岸があって、そこにお父さんと翡翠ひろいに行ったことがあるんだ。たしか、糸魚川《いといがわ》ってところだったかなあ」

ぶんちゃんは「ふぅん」と小声で応えると、肩で大きく息を吸い、そして、吐き出した。

そのとき――。

凛。

ぶんちゃんの手の上のビー玉が、かすかに光った気がした。

「たっちゃん、じつはオレ……」

僕はこのとき、ざわざわとした胸騒ぎを覚えた。

嫌な予感がしたのだ。

「じつは、オレ……」

「……なに?」

心臓がどきどきしているのが、わかる。

「二学期から、柏崎《かしわざき》に行くんだ」

え？

柏崎がどこにあるのかは知らなかったけれど、新潟県内のどこかだということくらいはわかる。

「行くって、どういうこと？」

「……転校、することに、なってるんだ」

転校って――。

しかも、なってる、って？

食道と胃袋をつないでいる管を、ぎゅぅっとにぎられたみたいになった。頭ではなにかをいおうとしているのだけれど、胸の奥から上に空気があがっていかないような、もどかしい感覚を味わっていた。気持ちを、声に変換できない感じだった。

「うちの養鯉池、地震でぜんぶ崩れちゃっただろ。あれを直すのにはすごくお金がいるみたいで……。だから父ちゃん、もう鯉はあきらめて、ずっと前から柏崎のおじいちゃんのやっている会社で働かせてもらってるんだ」

そのことは知っていた。柏崎のおじいちゃんというのは、ぶんちゃんの母方の祖父にあたり、その人が経営する機械の部品工場で、重おじさんは働いているはずだった。朝早くから車で出勤している姿を、僕は何度か見かけている。「母方の親戚のところだから、重ちゃん、肩身のせまい思いをしているかも知れねえな――」と、前にお父さんがお母さんに話していたのを耳にしたこともあった。

「山古志にもどっても、仕事はいまみたいに車で通えるだろ」

ぶんちゃんに文句をいっても仕方がないってことくらいわかっていたけれど、でも、つい責めるような口調になってしまった。

「ごめん……」

なんだよ、あやまるなよ――。

窓の外の風景は、夏の陽光をいっぱいに浴びて、まぶしいくらいに輝く緑色だった。こんなにキラキラした世界のなかを走っているのに、僕は呼吸の仕方を忘れてしまったみたいに、ひとりでもがいていた。いや、ひとりじゃない。ぶんちゃんも、僕以上に苦しいのだろう、きっと。

「二学期っていったら、もう、すぐだけど」

「うん」

なんでもっと早くいってくれなかったんだよ――喉元まで出かかったトゲのある言葉をぐっとこらえたら、それは肺のなかで濃密なため息に変わって、透明なまま車内に吐き出された。

わかってるよ――。

ぶんちゃんは、いいたくても、いえなかったんだ。だから、このところずっと凹んでいたんだ。だから、最近ちょっと痩せてしまったんだ。そして、このことを告白するために、あえてみんなと離れたいちばん後ろのベンチシートに僕を誘ったんだ。

「みんなは、まだ知らないの？」

僕なりに、優しい声を出してみた。

「たっちゃんがいちばんに決まってるだろ」

気持ちはうれしかったけれど、でも、その何万倍も悲しかったから、僕は素直に「ありがとう」とはいえなくて、ただ「そっか」と短すぎる単語をつぶやいてしまった。

ぶんちゃんは、ビー玉をもういちど手のひらに置いて、まじまじと眺めた。

「はぁ。海の色、か……」

小声でつぶやく。

凛。

また、ビー玉が光った気がした。

すると、ぶんちゃんの表情に、ふっと決意のようなものが浮かんだように見えた。

「なあたっちゃん。柏崎には海があるんだ。海岸に宝石はないかも知れないけど、オレが引っ越したら、遊びにこいよ」

「うん……」

やっぱり、引っ越しちゃうんだ——。

今度は僕がうつむく番だった。

「ずっと、いえなくて、ごめんな」

「いいよ、そんなこと」

また、しばらくのあいだ会話が途切れた。

窓の外から勢いよく流れ込んでくる夏の風におでこをあててみたら、すごく心地よくて、でもなぜかその分だけ淋しい気持ちにもなった。

僕は、次にいう言葉を探していた。でも、気持ちがまだぐちゃぐちゃで、どうにも整理がつかないでいた。

すると、ぶんちゃんは、いきなり僕の手からチョコの箱を奪うと、勝手にひと粒とりだしてパクリと食べた。そして、笑おうとしたけれど失敗してしまったみたいな、へんてこで哀しい顔をした。

「今日は、本当に、最後の思い出になっちゃうから……」

その声にビクッとした僕は、まっすぐにぶんちゃんを見た。

ぶんちゃんは、チョコを口に入れたまま、泣いていた。

下唇をぐっと突き出して、昔のまんまの泣き顔で。保育園のころから、少しも変わらない泣き顔で、泣いていたのだ。

「最後だから……、たっちゃんと……、おもいっきりバカなことして遊びたいんだ」

ぶんちゃんは、そんなことをいって、今度は急に「あはは」と淋しげに笑いながらポロポロと涙をこぼした。

なんだよ、その泣き笑い——って思ったら、それがふいに僕にまで伝染してしまって、ぶんちゃんとまったく同じように「あはは」と声に出して笑いながら、泣いてしまった。

そして、ふたりそろって、手首でごしごしと涙をぬぐった。

顔をあげて、目が合ったとき、いつか仲直りをしたときとよく似た、ちょっと恥ずかしいような、くすぐったいような気持ちになっていた。

えへへへ……。

ふたりで、困ったように笑う。

ぶんちゃんのいうとおり、いちばん後ろの席でよかった。

高速を降りてからの道は、最高に気持ちがよかった。青々とした田んぼのなかの一本道を走り、その道に沿って幅一メートルくらいの用水路が滔々《とうとう》と流れていた。田んぼでは、笠をかぶった農家の人が雑草を抜いていて、その人がこちらを振り向いてニッコリと笑った。きっとこのバスがなつかしかったのだろう。

遠くには青っぽく光る越後三山が堂々とそびえていた。いっぱいの陽光を浴びて、道ばたの雑草たちも生き生きとしている。風そのものが空の青をはらんでいるのではないかと思うくらい爽快で、その空気に僕は草の匂いを感じていた。

やがて僕らは登川の河原に到着した。

公園みたいに整備された河原には露店が並んでいた。夏祭りだ。僕ら山古志の子供たちは、まずそこで、歓迎セレモニーでもって迎え入れられた。

このボンネットバスの入り口には募金箱が設置されていて、そこに集まったお金は被災者への義援金（教育振興募金）として贈呈するという段取りが組まれていたのだ。山古志を代表して、僕とお父さんでそれを受け取った。金額は八万二〇四円。手作りの募金箱のなかには一万円札まで入っていた。

僕ら山古志の人間は、被災したことで、予想外なくらいに全国の人たちからたくさんの支援やエールをもらっていた。気づけば、いつの間にか、お父さんの口癖が「ありがたい」になっていたくらいだ。そういえば仮設住宅に入った初日も、お父さんは夕食を食べる前に、こんなことをいっていた。

「慣れるのに時間がかかるかも知れないけど、住む家を与えてもらったことに、まずは心から感謝しないとなぁ……」

僕も、本当にそうだよな、と思った。体育館での一畳生活と比べると、仮設住宅に入れるということはとても幸せだったから。

募金の贈呈式が終わると、夏祭りの露店をやっているおばちゃんたちから、色々とサービスをしてもらった。トウモロコシ、焼きおにぎり、焼きそばをご馳走になる。ぶんちゃんは、腹が減っていたみたいで、ぜんぶをペロリと平らげた。

十時を過ぎて、陽が高くなってくると、この企画を仕切っているＮＰＯの宮田さんが、「それじゃ、またネコバスに乗ってくださーい。いよいよ川遊びですよ！」と太くて陽気な声をあげた。


夏祭り会場の場所から、ほんのちょっと下流に下ったところが、川遊びの場所だった。河原にはテントが設置されていて、バーベキューの準備もすでにできていた。宮田さんは、バスのなかから川遊びに使える道具をどさっと出して、好きに使っていいよといった。

ぼくとぶんちゃんはそれぞれ水中メガネを借り、すかさずＴシャツを脱ぎ捨てて、きらめく清流へと走りだす。

足をひたした瞬間、僕は「ひえええええ！」と奇声を発し、すぐに冷たい水をすくいあげてぶんちゃんにひっかけた。

「うおおおおっ！」

ぶんちゃんも、仕返しをしてくる。

あとから駆けてきた幼なじみの仲間たちも冷水戦争に加わって、みんなではしゃぎまわった。

やがて川を泳ぎはじめる。大きな川で泳ぐというのは、とても新鮮な体験だった。山古志は、ここよりもずっと山奥なので、小さな沢はあるけれど、こうやってプール代わりに泳げるような川はないのだ。

水中を覗くと、川の水はすっきりと澄んでいて、川魚もたくさん泳いでいた。とりわけ水深のあるところには魚が群れていて、もはや天然の水族館状態だった。

お父さんも嬉しそうに水につかっていたし、ＮＰＯの人たちも僕らと一緒に泳いで遊んでくれた。

驚いたのは、えびす顔のバスの運転手さんだった。この人はバスの写真がプリントされたシャツを着たまま川に入り、手にしていた銛《もり》で次々と魚を突いてしまうのだ。

僕とぶんちゃんは、そんな神業に心酔して「師匠」と呼び、魚の突き方のコツを教えてもらった。結果、僕もぶんちゃんも、一匹ずつ突くことができた。

お昼時になると、宮田さんが「飯《めし》だぞー！」と叫ぶ。僕らは川からあがってバーベキューをむさぼり食った。ご飯がまた、とびきりうまかった。籾殻と杉の葉っぱを燃やした火を使い、釜で炊いたご飯だったのだけれど、これを『ぬか釜飯』というらしい。この煙の匂いを嗅いだとき、ぶんちゃんが「なんか、山古志の匂いを思い出すなあ……」と、しみじみとつぶやいた。

川の浅瀬には、ネットに入れた朝もぎの野菜が常に冷やしてあった。これはいつでも勝手に食べていいという。僕らは喉が乾いたらトマトにかぶりついていた。そして、このトマトが完熟していて甘くて、最高だった。

少しすると、川がネットで仕切られて、そこにニジマスが放たれた。僕らは必死になって魚を追いかけ回してつかまえると、バーベキューで塩焼きにしてもらった。

河原に腰掛けて、バスタオルを肩からはおり、ぶんちゃんと並んでニジマスを食べていると、となりに「どっこいしょ」といいながらえびす顔の師匠が座った。その手には、自分で突いたカジカという魚の塩焼きが三本あった。

「ほれ、これも食え。うめえぞ」

僕らは遠慮なく受け取って、それもむしゃむしゃ食べた。頭が大きくて食べられる身は少ないけれど、かなり美味い魚だった。

えびす師匠は、しばらくにこにこ顔でこっちを眺めていたけれど、いきなりびっくりするようなことをいいだした。

「おまえら、来るときバスのなかで喧嘩でもしたのか？」

僕とぶんちゃんは、思わず顔を見合わせてしまった。

「バックミラーでぜんぶ見えていたぞ」

「喧嘩なんて、してないよ」

ぶんちゃんがいって、ふたりで笑った。

「なんだそうか——。でも、まあ、ついでだからいいこと教えてやろうか?」

「いいこと?」と僕。

「うん。あのネコバスをゆずってくれた博物館の館長さんが教えてくれた、魔法の言葉なんだ」

僕らは、半分冗談だろうと思いつつも、「教えてください、師匠!」といった。えびす師匠は、お日様みたいににっこりと笑って、こういった。

「思う、言う、成る——それだけ」

「え、なにそれ? 意味がわかんないよ」

ぶんちゃんの問いかけに、えびす師匠は、がははははっ、と本当に愉快そうに笑ってから答えてくれた。

「いいか、こういうことだ。人が、なにかを心で思うだろ。そしたら思ったことを言葉にして言う。それを言い続けていれば、いつかは現実に成ってしまう。それが、思う、言う、成る、だ」

僕らはついつい、嘘じゃないの？　という顔をしてしまったようだ。

「本当だぞ。あのバスだって、元々はスクラップ直前のゴミみたいな車だったんだ。でも、それを直せると思った人が、直すと宣言して、がんばったから、本当にあんなにきれいに直ったんだぞ」

「へぇー」と僕が感嘆したら、ぶんちゃんがうまいことをいった。

「それだったら、思う、言う、成る、じゃなくて、思う、言う、やる、成る、だと思うけど」

えびす師匠は、ふたたび、がははは、と盛大に笑ってぶんちゃんをほめると、僕らにあのバスについての物語を語ってくれた。

それは、なかなかドラマチックな話だった。

瀬戸内海から嫁入りしたバスかぁ——。師匠の口から物語を聴いたら、僕はあのバスにさっき以上の親近感を抱いていた。

やがて、河原でスイカ割りがはじまり、それが終わって、みんなでひと泳ぎしていたら、宮田さんの太い声が川面《かわも》を響き渡った。

「はーい、みなさん時間でーす。あがってくださーい」

イベント終了を宣言する声だった。

まだまだ遊び足りない僕らは「えー」「やだよー」「もうちょっと！」とブーイング

の嵐を巻き起こして、なんとか三十分の延長戦を勝ち取った。

帰りのバスでも、僕とぶんちゃんはいちばん後ろのベンチシートに座った。

「あー、もう、最高におもしろかったなぁ」

ぶんちゃんは、そういってすぐに大きなため息をついた。淋しさ三割、満足感が七割の、明るめのため息だった。

「じゃあ今度は、海で大暴れだね！」

僕もできるだけ明るい声をつくってみたら、案外うまくいった。

「そうだな、うん。——また来年だな。絶対に約束だからな」

「大丈夫だよ。もう、遊べることになってるから」

ぶんちゃんは「は？」と、首をひねった。

「思う、言う、成る、だろ。もう来年遊ぶって宣言しちゃったから、絶対にそうなるよ。なにしろ魔法の言葉ですから」

僕らは、がははははは、と、えびす師匠の真似をして盛大に笑った。こうやってテンションをあげておくことは、凹みそうな僕らにとっての、たったひとつの防衛策のように思えた。

お父さんの点呼を終えると、ボンネットバスのエンジンがかかった。

ゴロニャンゴロニャンゴロニャン……。

この音、やっぱり、生きているみたいで、いい。

そして、出発。

車窓の風景が、ゆっくりと動きはじめる。

夏の太陽って、すごい。西の空にかたむいていてしまっても、まだ生き生きとした黄色い光で緑の大地を照らしていて、地上のすべてのものに濃くて長い影を落としているのだ。でも、この長い影のうえを吹きわたる風には、やっぱり秋の匂いがちょっぴり混じっていたけれど。

「たっちゃん」

呼ばれて、ふりかえった。

「これ、たっちゃんにやるよ」

ぶんちゃんの手から、僕の手のひらに、あのビー玉がコロリと落ちた。

思ったよりもひんやりとしていて、心地いい。

「え、いいの？」

「だって、そのビー玉を見ると海を連想するんだろ」

そうか、そういうことか。

「うん。わかった。これを見て、たまにはぶんちゃんのことを思い出して電話するよ」

「なんだよ。たまには、かよ」

ぶんちゃんは、わざと悪戯っぽい目をして笑ってみせた。

「それより、明日からどうする？　まだ夏休みは少しだけ残ってるけど」

僕が前向きな発言をしたら、ぶんちゃんは、もっと前向きなことをいった。

「朝から晩まで、ぜんぶ遊びまくる。たっちゃんの宿題が終わらなくなるくらい」

そんなの、のぞむところだ。

「やれるもんなら、やってみろって」

「あと――」

「あと、なに？」

「一緒に、昔のアルバムを見返して大笑いする。で、その夜はたっちゃん家で……、昔みたいに大勢でご飯を食いたいな」

僕は短パンのポケットに、青い海を抱いたビー玉をしまった。

そして意識的に息を吸い込んで――。

「お、それ、いいねぇ」

と、笑顔をつくってみた。

神様、どうかこれが泣き笑いになっていませんように。

エピローグ

今年もまた鬱陶《うっとう》しい季節がやってきた。

テレビの週間予報を見たら、今週はすべて傘マークだった。

私は日本を代表する米どころの人間ではあるけれど、さすがにこうも毎日雨に降りこめられると嫌になる。

ＢＸ三四一を購入してから、もうすぐ丸二年が経とうとしていた。あのバスの噂は、じわじわと地元を中心に広まっていって、予想以上に稼働日数が多くなっていた。

私は、すでに十日以上埋まった今月のボンネットバスの稼働予定表をチェックすると、なんとなく右を振り向いてみた。

えびす顔が、眉間にシワをよせている。

うむむむ……と、腕を組んで、なにか考え込んでいるのだ。いや、なにか、ではなくて、なにか『おもしれえこと』ねえかな——と、画策しているのだ。あの顔は絶対にそうだ。間違いない。

神様、どうか面倒な仕事をふられませんように、と心の中で厳かに祈りを捧げていたら、ふいにデスクの電話がなった。ちょっとびっくりしながら受話器をとる。

「ありがとうございます、森下企業でございます」

電話の相手は、埼玉県戸田《とだ》市にある『コモテック』という触媒メーカーの社長、小《こ》森正憲《もりまさのり》さんだった。

（高橋さん、やりましたよ。大丈夫です。成功です。もしよければ、もう今月中にでもそちらに装着に伺えますけど、いかがですか？）

受話器の向こうから、うれしいニュースが聞こえてきた。

「ほ、本当ですか、社長？」

（もちろん、本当です）

私は精一杯のお礼をいって、受話器を置いた。

やった！　思わず、小さくガッツポーズをとってしまった。

「ど、どうしたんですか、高橋部長……？」

なにか怪しいモノでも見るような目で、女子社員がそういった。

「い、いや、コモテックさんがね、ついにBX三四一の排ガスをクリーンにする方法を考えてくれたんだよ」

「え、じゃあ、いよいよあのネコバスちゃんも環境対応になって、都内を走れるようになるんですね」

私はうなずいた。小森社長は、すべて自費でもってあのBX三四一をクリーンなバスにしましょうと申し出てくれた人物だった。そして、試行錯誤を繰り返した結果、ようやくあのバスにマッチするシステムを完成させてくれたのだ。

それにしても――あのバスにかかわる人たちは、どういうわけか、みんな『おもしろいから』という理由で尽力してくれる。私は『縁』というものの不思議を憶った。

「いやはや、奇跡は何度でも起きるもんだなあ」

と、背後から陽気すぎる声が聞こえた。もちろん、振り向いたらそこにはマニアが満面の笑みで待ち受けている。

「高橋部長、ちょっと会議室に」

えびす顔がいったとたん、専務のデスクの直通電話がなった。

「おっとっと」と、いいながら、慌てて自分のデスクにもどって受話器をとる専務。

私は、なんとなく、彼の声に聞き耳をたてていた。

「おお、久しぶりだねえ。うん。びっくりしたよ。うん。元気にしてるの？　がははは。そりゃそうだ。で、達也君は山古志中学校に？　ああ、そう。うん。じゃあもう、仮設住宅にはいないんだ。よかったね、村にもどれて。うん」

と、そこで、いきなり専務のテンションがあがったのだ。

「え？　なに？　お？　それ、おもしれえな！　おお、うん。よし、ちょっと企画してみっから。そうそうそう、思う、言う、成る、だもんなあ。がははは。そんじゃ、また八月がいいよな。夏休みってこって。後半かな。うん、おもしれえよ、それ。達也君、卒業したらうちに就職しない？　がははは。うん。わかった。それじゃ、今度はこっちから電話すっから。はい。ばいばい」

ガチャン。受話器が元気よく置かれた。

私はデスクの上の書類に視線を落とし、ものすごく忙しそうなフリをしてみた。もちろん、そんな演技が通用するような相手じゃないってことは承知している。とりあえず、やってみただけだ。

「やあ、高橋部長。ちょっと、おもしれえことやんねえか？」

ほら、きた。

「こ、今度は、いったいなんですか？」

むふふふふ。

この笑いは要注意なのだ。

「聞きたいか？」

「いや、あんまり聞きたくなくなってきました」

「じゃあ、聞かせてやろう」

「え……？」

「子猫ちゃんの、里帰りツアーをやるぞ！」

◇　◇　◇

まさか本当に実現するとは思わなかった。

思う、言う、成る、って本当なんだ。

僕はいま、あのボンネットバスで大三島というところまでやってきた。ここは瀬戸内海の小さな島で、じつはこのボンネットバスの『ふるさと』なのだと運転手のえびす師匠がいっていた。

最初は、島だというからフェリーで渡るのかと思っていたのだけれど、しまなみ海道という橋を渡ってそのまま上陸できたのには驚いた。

僕らはボンネットバスに乗って、湯沢町から関越自動車道を使って東京を経由し、そこから太平洋ベルト地帯を通過して、ようやくこの島にたどり着いた。三日間もかかったから、ちょっと乗り疲れもしたけれど、でも、やっぱりわくわく感の方がずっと大きい。ここで遊んだあとは、広島県にある『福山自動車時計博物館』というところに行くらしい。

「やべぇ、はやく泳ぎてえよな、たっちゃん」

この島に入ってからというもの、野球部でたったひとり一年生でレギュラーになった坊主頭のぶんちゃんが、妙なくらいにはしゃいでいる。

僕らは例によって、いちばん後ろのベンチシートを陣取っていた。そして道すがらたいくつするとコカリナで『故郷』を吹いてみたりしていた。でも、ぶんちゃんとこの曲を吹くと、ついつい『うさぎ美味しい――』事件を思い出してしまうので、どうしても唇が笑って最後まで吹けないのだ。

えびす師匠は、島を海岸沿いにくるりとまわっていった。右を見れば海、左を見ればみかん畑だ。

島を半周くらいしたところで、えびす師匠はバスを停めた。

目の前には、白砂のビーチが広がっている。

「おい、ここでよ、おめえらは泳いで遊んでろ。オレたち大人は、ちょっくらこの島を一周してみて、ついでに樹齢三千年の楠があるっていうでっかい神社でお参りしてくるからよ。な、その方がいいだろ?」

神社より、海。

そんなの、あたりまえだ。

僕とぶんちゃんと、そして数人の同級生たちは、こぞってバスから飛び降りた。

「んじゃ、二時間もしないうちに帰ってくるからよ、気をつけて遊べよ」

僕らは、えびす師匠の声に返事もろくにしないで、白砂の海岸へと駆け出した。

目の前に、海があった。

このポケットのなかのビー玉とおなじような色の、海だ。

「ねえ、ぶんちゃん」

走りながら、僕は去年よりもぐっと背が伸びたぶんちゃんの背中に声をかけた。

「ん?」

「本当に、こうなっちゃったね」

ぶんちゃんは走る速度を少し落として、僕と並んだ。

「奇跡だよな、これ。予想外だったよ」

「だろ。オレがどうやってこの奇跡を起こしたか、教えてやろうか?」

僕がニヤリと笑うと、ぶんちゃんも不敵な笑みを浮かべた。

「そんなのわかってるよ」

「なんだよ、いってみろよ」

「思う、言う、成る、だろ? オレが覚えてないとでも思ったのかよ」

半分はあたり、半分ははずれだ。

正解は、ぶんちゃんにもらったポケットのビー玉が、凛、と光って僕の背中を押してくれて、思わずえびす師匠に「あのバスに、里帰りをさせてあげようよ」って電話しちゃったのだけど、そんなこと、もうどうでもいいや。

だって、いま、目の前にきれいな海が広がっているのだから。

ビー玉のなかの海じゃなくて、本物の海が——。

きらきらと陽光をはじきかえす渚が近づいて、僕らは走るのをやめた。

「で、正解は？」

ぶんちゃんの顔を見て、「内緒！」といったその刹那——。

僕は宙に浮いていた。

へっ？

世の中がくるりと反転する。

どさっ、と衝撃を受けて、僕は白砂のうえでコケていた。

ぶんちゃんと、その後ろの仲間たちが僕を指差して大笑いしている。

僕は照れ笑いをしながら、体じゅうについた砂を払い落とし、「痛ってぇ」といいながら立ち上がった。

すぐに足下を見た。

そこには、大人の女性の脚くらいの大きさの、真っ白い流木が落ちていたのだ。なんだか、マネキンの脚みたいにも見える。

こいつにつまずいたのかよ——。

僕はその流木をコツンと蹴飛ばして、そしてみんなと並んで歩きだした。

中学生になって、はじめての夏休み。

海は青くて、空も青くて、島々は緑色のブロッコリーみたいな風情で海原に浮かんでいる。セミがやかましくて、入道雲も充分にマッチョで、そして、山の方から吹いてくる風が、とても清々しかった。

完璧。

僕らは渚の手前でTシャツを脱ぎ、海パン一丁になった。

脱いだTシャツをリュックにしまおうとした瞬間、あの白い流木のあたりで、凛、となにかが青く光った気がしたけれど、まあ、そんなの気のせいだろう。

「いくぜぃ！」

僕はだれよりも早く海に向かって走りだした。

浅瀬をバシャバシャと蹴立てながら、どんどん沖へと向かって走る。そして股下くらいの深さまできたところで、おもいっきりイルカのように頭からダイビングした。

コボコボコボ……。

淡いブルーのなかで、やさしい泡の音が聞こえた。もしも、あのビー玉のなかに飛び込めたら、こんな感じかも——僕はたまらなく気持ちよくなって、心のなかで叫んだ。

オレたち、サイコー！

凛。

文庫版のためのあとがき

この物語を書くにあたって、私は車で二千キロにおよぶ長い取材旅をしました。本書の主人公ともいえる「魂を持ったボンネットバス」がたどった軌跡を丁寧にトレースする旅です。

最初に訪れたのは、瀬戸内海に浮かぶ大三島でした。そこでは地元の老人や教育委員会の方々などにお話を伺い、さらに古い時代の資料を提供していただきました。

広島県の福山自動車時計博物館では、レストア職人の榎茂さんを訪ねました。榎さんはこてこての職人気質で、モノにも人にも愛があって、本当に格好いい人でした。もちろん能宗館長や学芸員の宮本さんにもじっくりとお話を伺いました。作中にある「思う、言う、成る」は、取材の際、能宗館長が何度も口にしていた言葉です。

そしていま、このバスが元気に走っている新潟県の湯沢町では、森下企業の高井専務と高橋部長を取材しました。このお二人はしみじみいい人たちで、情け深い敏腕コンビなのでした。

そうそう！　本物のＢＸ３４１に会ってみたい方は、ぜひともＪＲ越後湯沢駅の西口の目の前にある旅館「いなもと」の駐車場を訪れてみてください。イベントなどに使われていなければ、そ

⬅物置として使われていたBX341を引き上げにいったときのスナップ。右が榎さん。中央が能宗館長。

こには榎さんが甦らせたボンネットバスがいます。誰でも自由に乗り降りできるようになっているそうです。作中で青いビー玉がハマっていた床には、本当に榎さんが穴をあけてくれました。しかも、その穴には高橋部長が青いビー玉を置いてくれています。このビー玉を見つけたら持ち帰ってもいいそうです（時々、高橋部長がビー玉を補充しています）。読者の間ではすでに「幸福を呼ぶビー玉」という噂が流れはじめているとか。こういうサービスは、まさに森下企業のコンビらしい発想ですよね。

さて、私が旅の最後に行き着いたのは、旧山古志村でした。そこで受けた衝撃は、あまりにも大きなものでした。なにしろ被災した方の口からこぼれ出るリアリティは、それまで私が目にしたどんな報道よりも濃密で、知られざる情報に満ちていたからです。報道は、基本的には真実を伝えるものです。でも、実際は「真実の一部」を切り取って伝えているのですね。

報道だけで被災者のことを知った気になってはいけない……。そのことを、私は取材を通して痛感したのでした。

本作中の登場人物には、実在の人たちがたくさんいて、しかも実名で描かれています。もちろん、私が創作したキャラクターもいますし、本当は実在しているけれど作品には登場していない人物もいます。ですから、半分はノンフィクションで、半分はフィ

⬆シートがすべて取り払われ、がらんどうになった車内。細部を仕上げつつ作業は進行していく。

⬆レストア中のフロントグリル。曲面で構成された部品も、１枚の鉄板から手作業で成形される。

⬆竹原に放置されていたときは、ボロボロの車体のなかにゴミが詰め込まれていた。

⬅榎さんがＢＸ３４１のレストアをはじめたところ。支柱まで錆びついたバスをすべてひとりで直してしまう。

⬆福山から湯沢へと向かう「嫁入り」イベントのときには、こんな横断幕をつけられていた。

⬆大三島で走っていたころの方向幕。毎日、この標示を変えながら榎さんはレストア作業をした。

⬆失っていたエンジンが載せられた。走れるようになったら、あとは車検を通すだけである。

クション……そう思って読んでいただければと思います。

このボンネットバスに関わった実在の人たちは、とても素敵でした。全員が全員、「モノには《魂》がある」と、本気で信じているのです。いまどきそんな考えを持っている大人には、探してもなかなか出会えそうにありませんけれど、この人たちは違うのです。本当の本当に、信じているのでした。そういう人たちが集まったからこそ、この奇跡の物語の原型を現実世界に生み出せたのだと私は思います。

素敵な人たちは、まだいます。この本に共鳴して「海を抱いたビー玉」という名前のテーマソングを作ってくれたミュージシャンの川久保秀一さん。さらに同名のシルバーアクセサリーを作ってくれた天才彫金師の姉妹（ブランド名はギメルガーデン）です。どちらも美しくて優しい作品で、私もすごく気に入っています。

この本に関わってくれた人たちは、とにかくみなさん驚くほど人間臭くて愛情たっぷりで、いつでも奇跡を起こしてしまいそうな人ばかりです。そんな人たちと一緒に奇跡の物語を創ることができた私は本当に幸せ者です。

みなさんに、心から感謝いたします。

森沢明夫

越後雪国ロマンバス
ISUZU
長岡230
あ・881

解説

ひすいこたろう（コピーライター）

僕は漢字セラピストという肩書きをもち、漢字から『幸せの法則』を見出すという活動もしています。漢字って、おもしろいんです。

例えば、「偶然」という漢字は「人＋禺＋然」というつくりでできています。「禺」は「会う」という意味。「然」は「然るべくして」、必然という意味です。つまり「偶然」という漢字は「出会いは必然です」と教えてくれていたんです。

もう少し例をあげると、「恋」という字は下に「心」があるから下心。「愛」という字は真ん中に「心」があるから真心。そして相手のありのままの「心」を「受けいれる」ことができたら、それは「愛」になります。

「成長」とは「長」所に「成」ること。

「叶う」は「口」に「十」。つまり、夢は十回口にだすと叶うんです。十（プラス）

の言葉が大事で、−（マイナス）の言葉を一緒に言ってしまうと、「吐く」という字になってしまう。だから、弱音を吐いたら夢は叶わない。

人生の「当たり」は、いつだって目の「前」にある。だから「当たり前！」。漢字、おもしろいでしょ？ 幸せは、なるものではなく感じるもの。漢字るものなんですね。

さて、脱線はこの辺にして、本題です。

「海を抱いたビー玉」。

読み終わったときに、「人間」という漢字が思い浮かびました。

与一お父さんと清くん、博物館の能宗館長と凄腕のレストア職人の榎さん、高井専務と高橋部長、達也くんとぶんちゃん

人と人の間（あいだ）に生まれるやさしい心。それこそ、この宇宙で一番美しいものだと思うんです。だから、「人」の「間」と書いて「人間」と読む。

あいだ（間）にあるものこそ、あいだ（愛だ）。

そして、人と人の間にあるものだけじゃない。人とモノの間にあるものも、愛だ。

そんなことに、この作品を読んで改めて気付かされました。

与一さんと清くん、能宗館長と榎さん、高井専務と高橋部長、達也くんとぶんちゃ

ん、そして、我らのボンネットバスBX三四一、その間に生まれた奇跡のように美しい物語、「海を抱いたビー玉」。

僕はこの作品が大好きです。

あいだにあるもの、それは、愛することと、愛されること。

この作品では、「間」にあるものの象徴が、ビー玉なのではないかと。

あいだにある、そのビー玉こそ、宇宙に咲く花。

愛すれば愛するだけ、大切にすればするだけ、そのビー玉は凛とひかり輝く。


小学館の編集者・尾崎さんから、この本の解説の依頼を頂いたとき、メールには、こう書かれていました。

「森沢さんの小説は、いまどき珍しいほどピュアで、人を裏切らなくて、『心』があり、悪い人が出てこないので、応援したいと思っています」

まさに僕も、この作品をとおして、森沢さんの『心』を感じました。森沢さんのど真ん中の『心』を感じました。

読み終わったときに、この本に心から「ありがとう」って伝えたくなりました。そして、本をやさしくなでなでしました。だって、絶対、この本は、生きている。絶対、この本には《魂》が宿っている。

そして、僕が読んだとき以上に、この本の魂は、いまもっともっと輝きを増している。なぜなら、あなたの愛も加わったからです。

愛すれば愛するだけ光が満ちていくこの世界。なんて素晴らしいんだろう。

この地球こそ、この宇宙に凛とかがやくビー玉なんだね。


物語のなかで、ボンネットバスはこういいます。

「いや——、そもそも、だれかに愛されて幸福だったからこそ《魂》が生じたのだった。そう、ボクはみんなに愛されている。生きていることそのものが、その証拠じゃないか」

そうだよね。そうなんだよね。

愛されたから、僕らはいま生きてるんですよね。

両親から、そして……。

神様から!

では、お別れに、楠の巨木たちが、風をとおしてボンネットバスに届けたメッセージ。これをもういちどあなたと一緒に分かち合って、この解説をしめさせていただこうと思います。

「キミが生きているということは、それだけですでに奇跡だろう？　ならば、これから先、キミにふたつめの奇跡が起こらないと決めつける理由は、いったいどこにあるんだい？」

ミシッ！

本書のプロフィール

本書は、二〇〇七年八月、山海堂から刊行された『海を抱いたビー玉〜甦ったボンネットバスと少年たちの物語〜』に加筆、解説を加え文庫化したものです。

小学館文庫

海《うみ》を抱《だ》いたビー玉《だま》

著者　森沢明夫《もりさわあきお》

二〇〇九年二月十一日　初版第一刷発行
二〇二四年七月七日　第七刷発行

発行人　庄野　樹
発行所　株式会社　小学館
〒一〇一－八〇〇一
東京都千代田区一ッ橋二－三－一
電話　編集〇三－三二三〇－五九三六
販売〇三－五二八一－三五五五
印刷所――TOPPAN株式会社

この文庫の詳しい内容はインターネットで24時間ご覧になれます。
小学館公式ホームページ　https://www.shogakukan.co.jp

ISBN978-4-09-408355-2